DREAMBOOKS

전생자

전생자 21 (완결)

초판 1쇄 인쇄 2020년 5월 26일
초판 1쇄 발행 2020년 6월 9일

지은이 나민채
발행인 오영배
편집 편집부
일러스트 eunae
본문 디자인 오정인
제작 조하늬

펴낸 곳 (주)삼양출판사 · 드림북스
주소 서울시 강북구 도봉로 173
대표 전화 02-980-2112 **팩스** 02-983-0660
편집부 전화 02-987-9393 **팩스** 02-980-2115
블로그 blog.naver.com/dreambookss
출판등록 1999년 3월 11일 제9-00046호

ⓒ 나민채, 2020

ISBN 979-11-283-9886-5 (04810) / 979-11-283-9410-2 (세트)

드림북스는 (주)삼양출판사의 판타지 · 무협 문학 브랜드입니다.

ORIGINAL FANTASY STORY & ADVENTURE
나민채 판타지 장편소설
21
| 완결 |
전생자
dream books
드림북스

목차

目录

Chapter 1.

골드의 잃어버린 기억을 확보한 후.

우연희는 또 그런 생각이 들었다.

'역시 세상에 선한 것은 존재할 수가 없어.'

선후만 제외하고 지금껏 겪어 봤던 군상들은 다 그러했다.

시작의 장이라고 해서 선하다고 불렸던 사람이 없었을까.

하지만 속내를 들여다보면 생존 방식의 일부분에 불과했다.

혹은 본인의 선한 행동에 도취해 버렸거나 그것도 아니라면 착하게 굴어야만 한다는 강박을 달고 사는 것들뿐이었다.

약자와 강자는 구별될 수 있다. 그러나 선한 것과 악한 것은 따로 있지 않다는 것이야말로, 시작의 장에서 얻은 교훈 아니었던가.

골드도 그 틀에서 벗어날 수 없었다.

골드가 기록물을 남긴 까닭은 본인의 목숨을 계산했던 바가 컸던 것이다.

'이계의 피조물들을 위해서라니 천만에.'

골드는 그것으로 올드 원의 관심을 돌리는 데 성공했고 그래서 도망치는 데 성공할 수도 있었다.

그러니 이후로 아루쿠다에게 붙잡히며 받아 왔던 고통 따위 스스로 자초한 일인 것이다.

그때 결계가 사라졌다.

탓.

우연희는 창밖으로 뛰어내렸다.

최고 방어체일 골드의 모습은 어디에도 보이지 않았다.

"환상인 게 다행이네."

우연희가 선후의 안색을 살피며 말했다. 주변에 남겨진 광경이 선후가 극도로 불쾌해하는 본 시대의 한 순간과 닮았기 때문이었다.

핵이 터진 세계. 본 시대의 시작의 날 초반에 이러했더랬지.

"맞아?"

"헛수고가 아니었어, 받아."

우연희는 쥐고 있던 서류들을 선후에게 건넸다. 그것들 한 장 한 장에는 골드의 잃어버린 기억들이 가득 실려 있었다.

선후가 그것들을 보고 있는 사이, 우연희는 그의 얼굴을 조심스레 응시했다.

선후의 무의식은 가장 큰 좌절을 맛본 순간으로 이 무대를 선택했다.

월가의 금융인이었던 그가 패잔병으로 추락한 시점.

그런데 선후는 본토가 멸망하기 직전까지 살아 본 남자다.

그런 그의 무의식이 가장 큰 좌절의 순간으로 핵이 터져 댔던 본 시대 초기나 둠 카소의 화신이 강림했던 본 시대 말기도 아닌 여기를 꼽았다.

그 사실은 선후의 무의식 중 아직도 적지 않은 부분들이 금융인의 시각으로 이뤄져 있음을 가리켰다.

또한 지금껏 선후가 스스로를 가리켜 악인이라 부르는 까닭도 거기에 있는 것이었다.

"……"

어차피 멸망했을 본토다. 그깟 돈 좀 쓸어 담으면 어때.

선후가 아니었어도 본토의 지난 경제 위기들은 원래 일어날 일들이었고, 그가 아니었어도 세계의 자본가들이 서명 한 번으로 수많은 가정들의 운명을 재단해 왔을 일이다.

선후는 본토를 구해 낸 인류 역사상 최고의 위인이다. 그러니 스스로를 악인이라 지칭하며 죄의식을 가질 필요가 없다는 것이다.

지금 선후의 죄의식이 짓눌려 있는 건 그것을 느낄 여유조차 허락되지 않을 만큼 짐을 짊어져 왔기 때문이다.

전쟁이 끝난 후 정말로 선후가 짐을 내려놓게 되는 날이 온다면…….

어쩌면 그날 그의 무의식에 깃들어 있는 죄의식이 기지개를 펼지도 모른다.

우연희는 둠 카오스니 올드 원이니 하는 어떤 것들 따위보다도, 오시리스를 철석같이 믿고 있는 점보다도 그것이 제일 걱정되었다.

아직 일어나지도 않은 일이지만 분명히 그랬다. 선후는 또 무리를 할 것이다.

본인 스스로 악행(惡行)이라 생각했던 것들을 바로잡기 위해.

"있잖아."

우연희는 입술을 뗐다.

"올드 원과 레드의 위치 말고도 쓸 만한 것들이 있다. 둠 카오스가 괜히 두 군주를 장막 안으로 초대해 둔 게 아니었어."

그때도 선후의 시선은 골드의 잃어버린 기억들로만 쏠려 있었다.

"본래 두 휘하로 하여금 빛기둥들을 지키게 했던 것이다, 젠장."

"……."

"엔테과스토와 아루쿠다. 두 놈이 빛기둥들의 위치를 제대로 알고 있었어. 빛기둥들은 둠 카오스의 근원이다. 일종의 약점인 것이지."

"……."

"아루쿠다를 다시 도모해 본들 놈의 영혼까지 온전히 둘 수는 없을 것 같다. 한계가 마석 안으로 쪼개 버리는 데까지였으니까. 그래, 이렇게만 말해선 이해하기 어렵겠군. 설명해 줄 테니 잘 들어. 아루쿠다와 겨룰 때 나는……."

우연희는 선후의 말을 중단시킬 수 없었다. 그러기엔 선후가 너무 열성적이었다.

당시를 돌이키며 한 번씩 번뜩이는 눈빛 또한 매섭게 돌변하기 일쑤였다. 설명이 끝나고 선후의 흥분도 가라앉을 무렵.

우연희가 다시 운을 뗐다.

"누구도 믿지 마라, 그런 낌새가 보이거든 제거하라."

선후의 눈살이 살짝 찌푸려졌다.

"갑자기 무슨 말이냐."

"그리고 자신을 관조할 줄 알아야 한다. 현재 자신의 감정이 어디에서 미치고 있는지 안다면 무기로 쓸 수 있을 것이다. 네 소중한 가르침이지.

있잖아. 나는 이번 무대가 본 시대의 처절한 한때로 특정될 줄 알았어.

하지만 네 무의식이 너를 이끌어 놓은 곳은, 바로 여기야. 네가 금융인으로서 실패를 겪은 곳."

"그럴 수밖에. 첫 경험이 가장 오래 남는 법이니까."

선후의 말이 이어졌다.

"하지만 시간을 되돌린다 해도 아루쿠다의 영혼을 보존시킬 순 없을 것 같다. 보존시킨다 해도 놈의 정신세계는 골드와는 비교도 안 되게 괴악하고 강하겠지. 다른 방법을 찾아야 해."

우연희는 대화가 헛돌고 있다는 걸 느꼈다.

오시리스의 배신을 두고 이야기할 때와 같았다.

우연희 자신이 진짜 하고 싶은 이야기와는 달리, 선후는 둠 카오스의 빛기둥들에 대해서만 온 생각이 쏠려 있는 것이었다.

'하기야, 이런 강한 집념이 너를 여기까지 이르게 한 것이겠지. 존경해.'

우연희는 어떻게 말하면 좋을까 생각했다.

아직도 네가 악인이라고 생각해? 라고 단도직입으로 물으려다가 그만두었다.

대신 이렇게 묻기로 했다.

"싸움이 끝나면 말야. 어떻게 살 생각이야? 진심으로 간직해 온 생각을 들려줘."

"말하지 않았던가?"

선후가 의아한 표정으로 반문했다. 순간 우연희는 조마조마해졌다.

"네게 일상을 찾아 줄 거다. 그러며 나의 일상도. 아주 평범한 한 명의 민간인으로."

우연희의 입술이 열리려던 찰나, 선후가 이해한다는 듯 고개를 끄덕였다.

그때 선후의 두 눈은 감상에 젖어 있지 않았다. 오히려 최후의 결전을 앞둔 듯 그 특유의 눈빛이 무척이나 단호해 보였다.

"알아. 힘들겠지. 그러니 온 힘을 다하자고. 지금에도 그 날에도."

우연희는 뭐라 형용할 수 없는 기분이었다.

"알겠지? 우연희."

뭘까, 이 엄청난 안도감은……

우연희는 당장 선후의 품으로 안겨 들고 싶어서 온몸이 달싹거렸다. 그러나 선후의 시선은 또다시 골드의 잃어버린 기억들로 옮겨졌다.

"나는 강해. 내외적으로 전부."

선후가 진지한 얼굴로 했던 그 말은 단지 웃기려고만 했던 게 아니었다.

선후는 정말로 자신이 생각했던 것 이상으로 강한 남자였다.

누가 누굴 걱정하고 있었던 건지, 우연희는 웃음이 나고 말았다. 그러한 미소는 온 세상을 통틀어 단 한 명의 남자 앞에서만 지을 수 있는 것이었다.

*   *   *

둘은 함께 더 그레이트 골드의 정신세계에서 빠져나왔다.

우연희는 골드의 상태부터 확인했다. 정신세계에서마저 또 한 번의 강력한 충격을 받은 골드는 무기력한 상태였다.

도살(屠殺)의 창을 쥔 선후를 앞에 두고도 큰 눈만 껌벅거리는 게 전부.

안식만을 기다리는 가련한 짐승이 된 게 지금의 골드였다.

직후.

우연희는 어떻게 시작되었는지 제대로 보지 못했다. 어느새 골드의 이마에 선후의 창이 박혀 있었다. 이루 말하기 힘든 마나의 흐름이 일어나고 있었다.

죽었어도 그리고 오랜 기간 뜯어 먹혀 왔어도. 반신은 반신이었다.

여러 갈래로 터져 나온 마나의 흐름.

그중 한 줄기만 해도 실피드, 엘라임, 노아스 세 정령왕을 한데 합쳐 놓은 힘을 압도하고도 남는다.

그러한 줄기들이 광휘로 가득 차서는 선후에게 쏠리고 있었다.

영계에 내려앉아 있던 붉은 색채들도 그 빛에 잠식될 무렵.

그때부터 우연희가 볼 수 있는 건 너무도 밝은 빛 속에서 번뜩여 대는 선후의 두 눈뿐이었다.

물론 아직 끝난 건 아니었다. 올드 원과 둠 카오스, 두 거대 악이 남아 있지만 그렇다고 해서 지금 눈앞의 광경이 무의미해지는 것도 아니란 말이다.

우연희는 온몸에 소름이 돋는 걸 느꼈다.

또 다른 신성(神性)의 탄생을 목격하고 있다니.

순간 그 신성이 선후라는 것을 잊을 정도로, 그녀는 매료 되고 말았다.

그러다 정신을 차린 후에는 찬란함 속에서 번뜩이는 두 눈을 쫓아 하염없이 응시했다.

남자와 여자의 눈이 마주쳤다.

"네게 일상을 찾아 줄 거다. 그러며 나의 일상도.
아주 평범한 한 명의 민간인으로. 알아. 힘들겠지.
그러니 온 힘을 다하자고. 지금에도 그 날에도. 알겠
지? 우연희."

그 눈에선 정말로 그렇게 또 말해 오는 듯싶었다. 언제는 안 그랬던가.

선후는 한결같은 남자였다.

무엇에도 흔들리지 않는 저런 눈으로만 자신과 세상을 바라본다.

'이걸로 됐어. 이젠 정말로 걱정하지 않을래. 네가 믿고 있는 모든 걸 믿어.'

오시리스에 대한 선후의 믿음까지도 인정할 수 있었다. 오시리스가 배신했다고 확신했던 것도 자신이 뭔가를 놓친 것이다.

그녀의 시선은 자연스럽게 아래로 내려갔다. 선후가 뿜어내는 광휘 안에서도 오시리스가 남긴 흉터는 여전히 뚜렷하게 보였다.

'이것도 둠 카오스를 속여 넘기기 위한 과정 중에 하나……'

그런데 이렇게까지 할 필요가 있었을까. 오시리스는 채찍질을 가할 때 그의 권능까지 실었다. 때문에 흉터가 아물지도 않는다.

우연희는 선후의 신성이 완전해지길 기다리는 동안, 자신이 무엇을 놓치고 있었는지에만 몰두했다. 그래서 선후가 신성을 완성 지은 축하 선물로 자신이 틀렸다는 말을 들려주고 싶었다.

그러던 중이었다. 선후의 몸에서 신성의 빛이 확장된 순간.

"아!"

그녀의 입술 사이로 기쁨과 자책이 함께 담긴 탄성이 흘러나왔다.

겹겹이 그어져 있는 흉터 중에서 일부분이 밝은 빛을 내며 도드라져 보이는 것이었다.

다시 보아도 확실했다.

그것들이 이어져서 만든 선들에서 어느 패턴이 보였다.

'이건…….'

이윽고 선후에게서 불어 나왔던 빛이 그의 몸 안으로 죄다 쏠려 사라지면서, 잠깐 도드라져 있었던 우연희의 흉터들 또한 전과 동일한 상태로 돌아갔다.

그녀는 선후가 호흡을 고르는 틈을 기다렸다가 말했다.

"오시리스는……."

그 이름이 언급된 것만으로도 선후의 목소리에 힘이 실렸다.

"그 얘긴 다 끝났을 텐데. 그만. 그만이다, 우연희."

"내가 틀렸어."

우연희는 자신이 틀렸다고 말할 수 있어서 기쁜 반면, 공고했던 자신의 세계 무언가가 무너지는 듯한 느낌을 받았다.

세상에는 변치 않는 사람이 또 있었다.

'그 사람이 차마 오시리스일 거라곤.'

그렇지 않고서는 오시리스가 자신의 몸에 그런 걸 은밀히 심어 둘 까닭이 없었다. 둠 카오스의 시선을 피해 흉터에 담아.

그래서 오시리스의 채찍질은 그리도 가혹할 수밖에 없었던 것이다.

"오시리스는 변절하지 않았어."

기쁘게 터져 나왔던 그녀의 말은 마지막에 이르러서 침울하게 변했다. 어쩐지 이는 불길함 때문이었다. 지금 이 순간에도 오시리스는 위험을 자처하고 있을지 몰랐다.

우연희는 심상치 않은 조짐이 시작됐다던 이계의 상황을 떠올리며 서둘렀다.

"일단 확인해야 할 게 있어."

그녀가 자신의 흉터들로 시선을 옮기며 말했다.

"오시리스가 네게 전하는 거야."

*　　　*　　　*

[미완성 지도 '둠 카오스의 빛기둥들(1)'가 추가 되었습니다.]

연희에 흉터에 남겨져 있던 것은 완전체 중 절반이었다.

조슈아는 채찍질을 빌려 남긴 것만으로는 석연치 않았는지, 그마저도 반절만 담아 둔 것이었다.

그때 연희도 나와 같은 불길함을 느끼고 있는 것 같았다.

우리는 서둘러서 성(星) 드라고린으로 향했다.

과연 심상치 않다던 그곳의 조짐은 궁극의 영역에 진입
하지 않더라도 당장 눈에 띄었다. 바로 전까지 어두웠던 천
공이 허옇게 변했다.

둠 카오스와 올드 원이 힘을 겨루면서 일어난 현상으로
두 원흉의 기운은 지금껏 어느 때보다 강성해져 있었다.

그간 쌓여 있던 경험치들이 들어오는 시각.

내가 돌아오기만을 기다리고 있었던 그러한 힘들처럼 연
희를 기다리고 있던 것도 있었다.

잡것은 연희가 부르기도 전에 먼저 나타났다.

[안…… 안녕하셔요. 둠 맨 전하. *(๑•ᴗ•๑)* 소인
루―루아입니다.]

잡것은 겁먹은 눈길과 함께 인사를 마치자마자 연희에게
향했다.

"정령계는 어떻게 하고 온 거야?"

[거기도 잔뜩 겁에 질려 있는 걸요. 이제 우리는 어
떻게 되는 거예요? 저기에 뛰어들라고 하실 건 아니죠.

제발 아니라고 말해 주세요. 아니면 차라리 제 손으로
제 목숨을 끊겠어요. (≳△≲) 네에?]

　　[네에? 네에? 네에? 네에? 네에? 네에? 네에? 네
에? 네에? 네에?]

"아이야"

　저런 잡것들을 '아이'라고 지칭할 수 있는 연희가 놀라
울 따름이다.

　어쨌든 잡것들을 포함한 정령계 전체야말로 작금의 상황
을 제대로 이해하고 있는 것 같았다. 두 원흉의 현신만 없을
뿐이지 그것들의 힘은 언제라도 재앙으로 돌변할 수 있었다.

　둠 카오스는 올드 원과 겨루느라 내게 개입하지 못했던
것이었다.

　"걱정 마렴. 둠 언데드를 본 적 있니?"

　연희가 물었다.

　　[저 루―루아는 이제 막 나온 거라서요. 둠 언데드
　　를 찾고 계신가요? 아시다시피 저 루―루아는 루―세
・　아 여왕님과 함께 둠 마리 님께서 돌아오시기만을 기다
　　리고 있었답니다.]

"그럼 둠 언데드를 찾아 줘. 무엇보다 급한 일이야."

[맨입으로요?]

잡것과 눈이 부딪쳤을 때였다. 잡것이 질겁하며 말했다.

[장난이어요. (☞ ˆⱺ ˆ)☞ 장난. 장난. 정말 장난이
라구요. 마리 님과 우리들은 이렇게 끈끈하다구요. 잘
아시면서…….]

잡것은 아예 내 시야가 미치지 않도록 연희의 옆으로 숨
어 버렸다.
"정령계를 다 비워도 돼. 둠 언데드부터 찾아."

[정말 다 비워 버려요? 항상 둠 마리 님의 무궁한 영
광과 승진 만을 여념하고 있는, 저 루ー루아로서는 무
척 염려가 들어요. 그러시다 둠 카오스께 혼쭐나는 거
아녜요? 그렇지 않아도 말들이 많았…….]

"급한 일이야. 어서."
연희가 다소 언성을 높인 끝에 잡것의 수다도 멈추는 듯

했다.

그러나 또 나불대려는 조짐이 보였을 때야말로, 궁극의 영역에 진입할 때와 비슷한 두통이 관자놀이를 찌르고 들어왔다.

"한마디만 더 하면 죽여 버린다."

＊　　　＊　　　＊

잡것들이 소식을 가져오기만을 기다리는 건 힘든 일이었다.

그래서 성채에서도, 이태한을 찾아서도 조슈아에 대해서 물었지만 정작 조슈아는 어디에도 제 모습을 드러낸 적이 없었다.

천공의 움직임이 격해질수록 불안함만 커져 갔다. 당장 이 드넓은 이계 전체 어디에서 조슈아를 찾을 수 있단 말인가.

연희와 흩어져서 각자 조슈아를 찾고 있던 한 시점에서였다.

[오래 기다리셨지요. 소인 루―세아가 둠 맨 전하를 뵈어요. (၈ ˃ ᵕ ˗)ノ♡]

이 잡것들은 외형만으로는 구분할 수 없는 똑같은 것들이다.

그래도 멍청하진 않은 족속들인지라, 연희가 곁에 없는 지금에서는 조심해야 한다는 걸 모르지 않는 눈치였다.

이번 잡것은 바로 본론으로 들어갔다.

[인간 군단의 한 제사장에게서 둠 언데드의 흔적을 찾았사와요. 둠 마리 님께선 그자를 성일이라고 부르셨습니다요. 또한 지금 이 시각, 둠 마리 님께도 똑같은 보고가 올려지고 있습니다요.]

"어디냐."

[그린우드 동부. 엑사일 제국의 수도에서 그렇게 멀리 떨어지지 않은 해안 입니다요. 헤헤헤.]

그렇게만 말하면 바로 특정해서 갈 수 없다.

쉑—!

잡것은 내 손길을 피하지 못했다.

잡것이 어떤 목소리도 내지 못하고 손아귀에 갇혀 버렸을 때.

"지도로 토해 내라."

정신 능력에 특출 난 이것들에겐 그 정도만 말해도 충분
했다.

[~~지도 '살려 주세요. 너무 아파 죽을 것 같아요'가 추~~
~~가 되었습니다.~~]
[지도 '권성일의 현재 위치'가 추가 되었습니다.]

지도가 들어오자마자 잡것을 그대로 내팽개쳤다.

게이트에서 나온 순간 무너진 성부터 보였다. 석벽 파편
따위를 밀어내지 못해서 깔려 있는 각성자들이 수두룩했
다.

그러나 성일로 추정할 만한 강력한 기척은 느껴지지 않
았다.

다른 각성자들처럼 전투 불능 상태가 되어 버렸거나 여
기에 없다는 것인데, 그때 키워 올린 감각망에서 익숙한 힘
을 포착했다.

일전에 그에게 만들어 줬던 흉갑의 기운이었고 그걸 착
용할 수 있는 자는 물론 단 한 명밖에 없었다. 그 또한 무너
져 버린 석벽 아래 어딘가에서 빠져나오지 못하고 있는 것
이었다.

과연 곳곳에선 조슈아의 흔적이 다분히 묻어 나왔다.

아루쿠다를 처치하고 광분을 가라앉히던 중에, 조슈아가 여기를 방문했던 것이다.

『저쪽이야.』

연희가 나를 스쳐 지나가며 말했다. 그녀는 잡것들을 참 많이도 달고 나타났는데, 구해 달라는 각성자들의 애걸을 무시한 채 성일이 파묻혀 있는 쪽으로만 향하고 있었다.

그러다 무슨 생각이 미쳤을까? 그녀가 잡것 하나를 두고 말했다.

"부상자들을 안전 지역으로 옮겨 놔 줘."

그녀의 확신과는 다르게 조슈아가 변절하지 않았다는 사실이 그녀에게 약간의 변화를 만들어 낸 것인지도 몰랐다.

그렇지 않고서야 각성자들에게 눈길을 줄 만한 까닭이 없었다.

어쨌든 나는 금방 그녀를 앞질렀다. 그리고 일거에 석벽들을 치워 내자 성일의 정수리가 드러났다. 그는 석벽 아래에 깔린 상태에서도 굳건히 서 있었다.

하지만 그에게 온전한 것은 황금 흉갑뿐이었다.

그는 단지 죽을힘을 다해 서 있는 것에 불과했고 흉갑에서 벗어난 온 부위는 찢어 벌어진 상처들이 그득했다.

왼쪽 눈에서부터 오른뺨까지 비스듬히 가로지른 상처도 있었다.

그래서 그가 부릅뜨고 있는 눈알은 오른쪽 하나밖에 없었다.

"오……."

오딘이라고 말하려는 것일까. 오시리스라고 말하려는 것일까.

연희의 몸에서 쏟아져 나온 빛이 닿고 나서야 성일의 입술이 열렸다. 그가 말하려 했던 것은 오딘도, 오시리스도 아니었다.

"오셨수?"

그는 생각이 많은 얼굴이었다. 다음으로 말하는 것을 어려워했다.

조슈아의 호된 채찍질을 온몸으로 받아 놓고도 신중을 기하고 있다. 평소 조슈아를 경계해 왔으면서도 결정적인 순간에는 입이 무거운 것이었다.

나는 마지막으로 천공의 움직임을 살펴보았다.

정확히는 둠 카오스와 올드 원의 시선을 확인했다.

성 드라고린으로 복귀했을 때까지만 해도 둠 카오스의 시선이 남아 있었던 것과는 달리, 그때는 둠 카오스의 것도 올드 원의 것도 더는 존재하지 않았다.

천공 전체에서 움직이고 있는 힘은 더욱 격해진 상태였다. 일어난 소용돌이는 바다를 넘어 곧 이쪽까지 휩쓸기에 충분해 보였다.

그렇게 둠 카오스와 올드 원은 한눈을 파는 게 어려울 정도로 치닫고 있었다.

일단 부상자들을 옮길 필요가 있었다. 연희는 눈빛만으로 내가 무엇을 바라는지 눈치챘다. 그녀가 잡것 새끼들에게 몇 마디 내뱉자.

이제는 루세아 일족이라 불리는 그 잡것 새끼들이 부상자들에게 달라붙어 그들을 게이트 안으로 옮기기 시작했다.

각성자들과 잡것들이 그 안으로 사라지길 기다렸다가 물었다.

"오시리스는?"

그때도 성일의 얼굴에 담긴 심경은 이루 말하기 힘들 정도로 복잡스러웠다.

"……모르겠수. 사실만 말하자믄 그가 갑자기 난입해서 날 이렇게 만들었수다. 맘 같아선 뒤쫓아 확실히 하고 싶었는디."

"오시리스는 배신하지 않았다."

성일은 나와 연희를 번갈아 쳐다보았다. 연희마저 고개를 끄덕여 주자, 성일의 얼굴에 가득했던 번뇌가 사라졌다.

"아따…… 그거 다행이구만요. 오시리스는 오래전부터 오딘을 섬겼지 않수. 그런 이가 배신하믄 참말로 골치 아플 거라, 오만 걱정 다했수다."

그가 흉터들을 내려다보며 마저 말했다.

"마음이 좀 놓은 것이긴 한디. 왜 나한테 이따구로 군 거요? 사나이 권성일 쪽팔려 버렸지 않수. 아랫것들 낯짝을 이제 어떻게 볼지, 거참."

"성일아. 어차피 제대로 본 사람도 없을 거야. 많이 아팠니?"

"누님의 몸까지 손댄 거였수? 배신이고 자시고, 안 되겠네요."

성일은 그제야 연희에게 남겨진 흉터들을 발견했다. 그러면서 살짝 안도의 웃음을 흘리는데, 그것만으로 그가 얼마나 많은 고민에 휩싸였는지 알 일이었다.

그러다 그가 나와 눈이 부딪치며 얼굴을 딱딱하게 굳혔다.

구태여 말하지 않아도 그는 내가 무엇을 물을지 알고 있었다.

"오시리스가 어디로 가는지는 볼 수 없었수. 물론 날 이 지경으로 만들었는디 뭘 갈켜 줄 상황도 아니었겠죠. 그런 디 오시리스가 사라지는 순간에 그의 목소리가 들립디다. 주인님, 하고 어쩌고 저쩌고 혼잣말을 하더니 게이트를 열고 떠난 것 같았수. 오시리스를 찾고 있는 거 아니요?"

"맞다. 그런데 그것뿐인가."

"게이트에서 먼저 나온 게 있었수. 오시리스가 부리는 휘하들인 것 같은디 고놈들 기척이 엄청납디다.

그리고 고놈들 하는 말 뽄새가 뭔가 엄청난 걸 계획 중인 것 같았어요. 오시리스에게는 그냥 준비됐습니다 하고 한마디만 했는디 왜 있잖수.

비장하게. 그리고 '성(星) 죽음의 대지들'이라는 것도 언급됐는디 염치없는 말씀이지만 그때는 제가 상태가 말이 아니었으요."

연희가 내 눈빛을 받았다. 그녀는 남아 있는 잡것들에게 빠른 손짓을 보냈다.

조슈아의 행방은 묘연했지만 하나만은 분명했다. 원래 그에게도 그만의 계획이 있었을 테지만 내가 아루쿠다를 잡으면서 계획을 수정하며 뭔가를 서두르고 있는 것이었다.

[미완성 지도 '둠 카오스의 빛기둥들(2)'가 추가 되었습니다.]

[지도 '둠 카오스의 빛기둥들'이 완성 되었습니다.]

성일에게 남아 있던 절반을 회수한 후. 나 역시 서둘렀다.

*   *   *

한국 지부장, 유원진은 서둘렀다.

휴일임에도 불구하고 본부로 속히 내려오라는 지시를 하달받았기 때문이었다.

세계 평화를 위한다는 목적하에 설립된 각성자들의 기구, 세계 각성자 협회.

각성자들 대부분이 이계의 전장으로 떠났으나 조직 분위기는 크게 달라진 게 없었다.

정확히 말하자면 세계 각국에서 들어온 외국계 사무직 인사들도 협회의 그 피라마드형 위계질서에 적응하기에 이르렀다고 표현될 수 있었다.

상명하복에 죽고 사는 한국의 검찰과 비교될 정도였으니, 유원진은 불평을 하기보단 당장 부하 직원을 호출해서

고속도로를 타야 하는 게 맞았다.

"지부장님, 지부장님. 도착했습니다."

유원진은 부하 직원의 목소리에 눈을 떴다.

본부는 현실과 옛 환상이 공존하는 공간이었다.

그 대표적인 예가 마루카 일족의 강력한 괴수가 똬리를 틀고 있는 저 별동이다.

지금에야 정체불명의 유기물로 뒤덮여 있지만, 불과 얼마 전까지만 해도 유기물뿐만 아니라 마루카 일족의 촉수까지 넘실댔었다.

역겹고도 섬뜩한 그걸 보고 있노라면 원초적인 공포가 무엇인지 실감하곤 했었다.

그런데도 협회에서 그걸 그대로 노출시켜 왔던 까닭은 유원진 본인이 추정해 볼 때, 두 가지 이유 때문인 것 같았다.

저기의 마루카 일족을 굴복시킨 이가 속칭 '그분'이다. 마루카 일족 외에도 과거의 적들을 차례대로 굴복시켰다 하지 않았던가.

그래서 그분의 힘을 대외적으로 알리는 상징으로 사용하여 국제 사회를 안심시키는 것이 첫 번째 목적일 터였다.

그리고 두 번째 목적은 협회부터가 저런 걸 통제하고 있다는 걸 드러냄으로써 협회의 파워를 세계 전반에 꾸준히 상기시켜 주는 데 있을 것이다.

유원진은 차에서 내려 안내 데스크로 향했다.

그런데 의외의 대답이 들려왔다.

"사무국장께서 부르셨습니다."

사무국장의 호출이었다니

사무국장, 스티븐 요한센.

그가 누군가?

미국에서 온 그 인사는 시작의 날 전부터 국제 무대에서 활약하던 거물 중 한 사람이었다. 그랬던 그는 협회로 들어오면서 위상이 보다 높아졌고 강대국의 수장들과 어깨를 나란히 하고 있다.

애초부터 다른 세상에서 살아왔던, 그리고 살아가는 사람이란 것이다.

그래서 유원진은 사무국장이 부른다는 것만으로 이리도 가슴이 뛰는 것이었다.

만일 협회장 이태한의 부름이 있다면, 수호자 염마왕의 부름이 있다면, 더 나아가…….

'그분이 부르신다면 아마도 심장은 터지고 말겠지.'

두근두근.

유원진은 긴장했지만 그런 감정이 또 반가울 수밖에 없었다.

협회에 들어온 후로 이런 순간들이 잦았다.

세상 별다를 게 없을 것만 같았던 무뎌진 감성이 끓어 오른다.

정·재계 인사들이 자신에게 잘 보이기 위해 가식적인 미소를 지어 보이던 순간에도, 그렇게 전에는 있을 수조차 없던 일들이 현실이 될 때마다 매 순간 심장이 뛰어 대는 것이다.

자신의 나이 쉰하나.

그에게 있어 청춘은 이제야말로 시작이라고 자부할 수 있게 되었다.

유원진은 문을 열고 들어갔다.

"처음 뵙겠습니다. 한국 지부장, 유원진입니다. 국장님."

유원진은 영어를 사용했다. 정작 반대편에선 한국어로 대답했다.

"거기에 앉지. 이 안에서는 한국어를 사용하려고 한다."

발음은 어설프지만 제법 완벽한 문장 구사력이었다.

유원진은 사무국장의 한국어 실력에 놀랐다.

책상 한편에는 한국어 교본들이 쌓여 있었다. 그리고 사무국장이 적어 놓은 것으로 보이는 메모지도 흔치 않게 찾아볼 수 있었다.

거기에는 일반 회화 수준을 넘은 한국어 어휘들이 적혀 있었다.

'원래부터 한국어에 관심이 있던 것은 아니었을 테고.'

그럼 협회로 들어온 후부터 배웠다는 것인데, 공사가 다 망한 중에서도 이렇게나 능수능란한 수준이 될 만큼 공부했다니. 대체 얼마나 노력해 왔던 걸까?

유원진은 존경심과 동시에 반성하는 마음이 덩달아 들었다.

한 차례 그리 특별하지 않은 대화를 나눈 후. 그렇게 한국의 지부장으로서 애로사항이 없냐는 물음에도 답하고 나서였다.

"이 나라는 우리에게 있어서도 전 인류에 있어서도 중요한 국가다. 총본부의 공여지가 이 나라의 국토와 접촉해 있다. 이 나라의 안전은 우리 모두와 뗄 수 없게 되었다."

사무국장이 말했다.

하지만 그뿐만이 아니다.

유원진은 사무국장이 구태여 언급하지 않더라도 모를 수가 없었다.

이태한 협회장과 칼리버 권성일 그리고 그분과 그분의 연인으로 알려진 마리까지.

모두 다 이 나라, 한국을 모국으로 두고 있다. 아무리 각성자들에게 국가의 구분의 사라졌다고 해도 천만의 말씀.

칼리버의 모국 사랑은 매우 유명하다. 그리고 잘 알려진 비화에서도 알 수 있듯, 그들 사이에 통용된 언어는 역시나 한국어.

그러니 사무국장이 한국어 습득에 그리도 매진해 왔던 건 더 큰 성공을 위해선 불가피한 일일 수밖에 없던 것이리라.

상대와 동일한 언어를 사용하는 것이야말로 신뢰를 구축하는 제일 빠른 방편이니까.

유원진은 어느새 흐트러져 있던 자세를 바로잡았다.

어쨌든 언제 다시 뵙게 될 줄 모를 상사 중의 상사의 앞이었다.

사무국장의 말이 이어졌다.

"그래서 자네를 적임자로 택했다."

어떤 일의 적임자인 것인지에 대해서는 아직 언급되지 않았다.

'설마 이계로 가라는 건 아니겠지?'

어쩐지 그런 아찔한 생각이 미쳤다.

유원진은 생각만 해도 눈앞이 캄캄해졌다. 전쟁터인 그곳의 상황도 염려되는 일이지만 정말 걱정되는 바는 거기의 조직 분위기에 있었다.

들리기로 그곳의 분위기는 중세와 크게 다르지 않다고 한다.

상명하복이 문제가 아니라, 신분 계급에서 오는 그 간극에 따라 무릎을 꿇어야 하는 일도 종종 벌어진다고 했다.

지구의 잣대로 거기를 평가해서는 안 된다는 걸 알지만 그게 현실로 부딪치고 나면 정말로 문제가 되고 만다.

하지만 유원진이 해야 할 답은 정해져 있었다. 자식들을 다 키워 놓았으니 가정에 목매고 있을 까닭도 없는 것이다.

그가 말했다.

"무엇이든 수행하겠습니다."

그러며 유원진은 사무국장의 표정을 살폈다. 과연 정답이었다.

사무국장의 목소리가 한결 부드럽게 나왔다.

"곧 이 나라 한국은 국제 연합(UN)의 여섯 번째 상임이사국이 될 예정이다. 때에 맞춰 우리 중 한 명을 뉴욕으로 파견할 계획이다. 고문이자 대변인으로서 자네를 적임자로 택했지."

아!

'대체 무슨…… 우리나라가 상임이사국이 된다고?'

유원진은 사실상 승진을 통보받은 상황에서도 그것이 더욱 놀라움 따름이었다.

"자네를 발탁한 이유는 자네가 한국 사람이기 때문이다. 놀랍게도 그런 단순한 이유였다. 자네를 눈여겨보는 눈들이 많을 테고 자네는 지금부터 증명해야 한다. 그 자리에 앉을 만한 자격이 있는지. 할 수 있겠나?"

"실망시켜 드리지 않겠습니다. 기회를 주셔서 감사합니다. 국장님."

"자네의 첫 업무는 판문점에서 시작될 것이다. 곧 미국과 북한이 판문점 남측 지역에서 회담을 가질 예정이다. 그 자리에 자네도 참석해서 미 대통령과 함께 우리 측 입장을 북한의 위원장에게 강력하게 전달하라. 우리는 북한의 핵 시설을 인정할 수 없다."

사무국장의 어투는 시종일관 담담했지만 유원진에게는 폭탄과도 같은 발언들뿐이었다.

한국의 상임이사국 진출. 북미 정상회담에서 거론될 비핵화.

협회는 본격적으로 세계 정국(政局)에도 개입하기 시작했다. 물론 배후에서는 진작부터 진행됐을 일이긴 했어도 어쨌거나 대외적으로는 자신이 시작점이라 할 수 있었다.

유원진은 마침내 속으로 소리치고 말았다.

'한국인이라 감사하다! 우리나라 사람이란 게 이리도 고마울 때가 오다니!'

그때였다.

왜애애애앵. 왜애애애애앵—

갑자기 붉은 빛이 한편에서 번뜩거렸다. 실내 벽에 부착되어 있던 경광등이 맹렬히 회전하며 긴급함을 알리기 시작했다.

사무국장과 유원진은 자리를 박차고 일어서 창가로 뛰어갔다.

창밖 너머 별동 앞마당.

마루카 일족의 괴수가 머물고 있는 그 앞에서 소동이 발생했다.

심연(深淵)에서 기어 나온 악마와 같은 모습.

"Chidarrrrrrrr⋯⋯."

그 악마의 이름이 오르까라는 사실을 아는 자는 거기에 없었다.

오르까는 눈앞의 방해물들을 촉수로 때려 날려 버리고선 온데간데없이 사라졌다. 그러나 오르까가 묻히고 나왔던 유기물들만큼은 족적으로 남아 있었다.

족적은 각성자들이 협회를 방문할 때 객실로 사용하는 건물을 향해 이어졌다.

사무국장은 거기에 그분과 그분의 연인이 머물고 있다는 걸 떠올리고는 큰 문제로 번지지 않을 거라 확신했다.

그분께서 나선다면 상황은 안정될 수밖에 없을 테니까.

그런데 들려온 보고는 전혀 달랐다.

"그분과 마리는 아니 계십니다."

사무국장은 애가 탔다.

"어서 염마왕께!"

창밖을 바라보는 그의 눈길은 자연스럽게 극비 장치가 설치된 방향으로 향했다.

만에 하나.

별동에서 빠져나온 마루카 악마가 그 장치를 파괴한다면 자신은 물론이고 모든 임원진들이 책임을 면치 못할 일이었다.

그때 창밖으로 더 높은 층에서 뛰어내린 한 명의 각성자가 보였다.

비로소 사무국장은 한시름 놓을 수 있었다. 허공에 화염의 붉은 궤적을 남기며 순간에 사라질 수 있는 능력을 가진 각성자는 지구상에 단 한 명밖에 없기 때문이었다.

수호자 염마왕.

*　　　*　　　*

나는 나름대로 조슈아를 찾아 장소를 계속 옮겨 다니고

있었다.

그린우드 북부의 언데드 군단이 운집해 있는 곳도, 성전의 탑으로 말미암아 엘슬란드의 방어 결계가 첨예한 곳에도 가까이 접근해 봤었다.

하지만 모두 헛수고.

어디로 방향을 정해야 할지 도무지 갈피가 잡히지 않을 때.

[보셔야 할 게 있사와요 (ﾟдﾟ)]

잡것이 나타났다.

"찾았나?"

[비슷하와요…… 자세한 건 가 보시면 아셔요. 인간 군단의 제사장이 둠 맨 전하의 본토에서 던전을 통해 들어 왔습니다요.]

[지도 '인간 군단의 제사장 위치'가 추가 되었습니다.]

[지도 '조나단의 위치'가 추가 되었습니다.]

초주검이 된 오르까와 그것의 대가리를 움켜쥐고 있는 조나단.

게이트에서 빠져나온 즉시, 둘의 눈동자가 날 쫓아 움직였다.

"미안하다, 썬. 내가 한발 늦고 말았어."

그러면서 조나단은 손아귀에 힘을 가했다. 오르까에게선 살려 달라는 힘없는 손짓이 잠깐 일어나려다가도 금방 무산되었다.

"이놈이 네 물건을 오시리스에게 바쳤다. 그게 뭔지 밝히질 않아."

"……모…… 른다…… 오르까도 뭔지 모…… 른다……."

본토에는 내 물건이라 할 만한 것이 딱히 없었지만, 의심이 가는 게 있긴 하다.

"오…… 오딘이 거부하고 있을…… 물건이라고만…… 했었다…… chidarrrrr……."

연희의 객실 금고에 처박아 뒀던 것.

100 퍼센티지의 확률로 악종(惡種) 함정일 그것을 말하고 있는 것이다.

둠 카오스의 호신부!

조나단은 내가 가까이 다가간 시점에서 오르까를 내팽개쳤다.

당장 이놈의 대가리를 밟아 터트리고 싶은 충동이 치밀어 올랐다. 조슈아라고 둠 카오스의 호신부가 어떤 물건인지 모를까. 그런 위험한 물건을 이 녀석이 냅다 바친 것이다.

시간상으로 봤을 때 둠 카오스가 한눈을 팔지 못하게 되었을 때 바로 일어난 일이었다.

그런데 오르까에게 깃든 라이프 베슬은 여전한 점이 내 마음을 더욱 아프게 만들었다.

조슈아. 조슈아. 조슈아.

무장을 갖춰야 한다면 라이프 베슬이나 챙길 것이지.

"아니라고…… 했었다. 오딘…… 에게 해로운 일이…… 아니라고……."

"오르까. 네놈 따위가 내 충실한 부하의 명운을 앞당겼구나."

나는 천공을 올려다보며 말했다.

결국.

일이 시작되고 있었다.

Chapter 2.

조슈아는 칠흑의 계단에 도착했다.

둠 카오스의 호출이 있었던 것이 아니라 제 발로 찾아 들어간 것이었다.

그는 손에 쥔 호신부를 위로 쳐들며 계단을 밟기 시작했다. 그러한 행동은 장막 위로 자신을 들여보내 주지 않으면 호신부에 깃든 공능을 사용하고 말겠다는 일종의 경고였다.

처음으로 둠 카오스에게 자신의 본심을 드러내는 행동이기도 했다.

과연 장막은 그를 차단시키지도 어떤 부정 효과를 보내오지도 않았다.

조슈아는 장막을 뚫고 올라갔을 때, 생각대로의 존재를 올려다볼 수 있었다.

유일해지겠다는 일념(一念)만 남은 악한 존재.

계단의 세상 밖으로 올드 원과 힘겨루기가 한창이면서도 여전한 힘이 그 눈알에 담겨 있었다.

둠 카오스에게 이어진 빛줄기들에서 쏟아져 나오는 빛은 한데 합쳐지듯 해서, 밝아도 너무 밝았다. 그런데 둠 카오스의 사악한 눈알은 그 속에도 뚜렷했다.

조슈아는 거기에서 다시금 공포를 느꼈다. 엄습해 오는 두려움은 모처럼 만에 등골을 오싹하게 만들고 있는 것이었다.

어떠한 공포와 마주하게 될지 마음을 단단히 먹어 왔어도 그건 어쩔 수 없는 영역에 속한다.

다만, 조슈아는 거기에 굴복하지 않을 자신이 있었다.

지금도.

마스터의 옛 목소리가 자신의 뇌리 깊숙한 곳에 남아 있었다.

"죽음은 두려움에 질려 도망치는 자를 따라잡는 법이다. 두려움을 느꼈다면 두려움의 원인이 어디에 있는지 파악하는 데 우선을 두고, 저열한 육체의 리

듬 따위는 무시해라. 그리한다면 그 속에서 네게 득
이 되는 길을 찾을 수 있지. 그것이 생존이든 반격이
든. 공포와 두려움을 이용할 줄 알아야 한다, 조슈
아. 명심하도록."

마스터의 가르침 중 하나였다.

2막 1장에서 살아남을 수 있었던 까닭이기도 했다.

마스터의 그러한 가르침은 전투를 가정하고 있는 것이지
만 일상에서도 통용되는 진리였다. 그렇기 때문이었다.

둠 카오스에게 느끼는 두려움은 그저 압도적인 힘의 차
이에서 오는 것일 뿐이다.

유일해지겠다는 사고(思考)만 남은 존재에게서 느낄 수
있는 것은 그뿐이란 거다. 공경심을 가져야 하는 까닭을 어
디에서도 찾을 수 없다.

경외하는 마스터에 비하면 격이 떨어지는 존재. 그것에
게서 의념이 날아왔다.

"시끄럽군. 너와 똑같이 취급하지 마라."

둠 카오스의 의념은 분노와 협박 그리고 회유로 가득했
다.

"나를 사고 싶거든 그 자리를 스스로 바쳐 보아라. 그럴
순 없겠지."

그러면서 조슈아는 '이게 뭔지는 네가 가장 알겠지.' 라는 눈빛을 띠며 호신부를 한 번 더 들어 보였다.

마스터께선 그것을 계속 거부하시겠지만 둠 카오스는 그것을 사용할 수밖에 없는 상황으로 만들어 나갈 계획이었을 것이다.

확신이었다.

전황이 그렇게 바뀌었다.

올드 원도, 둠 카오스도, 그리고 마스터께서도. 그들에게 최고의 시나리오는 자신 외의 두 존재가 공멸해 버리는 데 있다.

그러니까 둠 카오스가 이걸 마스터께 건넨 까닭은 너무도 적나라한 것이다. 가뜩이나 자신을 마스터의 대체제로 쓰려 했던 둠 카오스였다.

조슈아는 그걸 쥐고 있는 것만으로도 이가 갈렸다. 그대로 말했다.

"이 자리에서 쓰게 만들지 마라. 너 또한 그러라고 만든 물건이 아닐 테니."

고작 이 자리에서 결단을 볼 생각이었다면 마스터의 여자와 측근에게 왜 지도를 숨겨 놓았단 말인가.

자신의 변절을 확신하던 그것들의 시선 따위에는 아무런 감흥도 없었다.

하지만 마스터께서 받으셨을 모욕을 생각하면…… 조슈아는 짓눌러 왔던 감정 하나가 기지개를 켜려는 게 느껴졌다.

그가 서둘러 악신의 이름을 뱉었다.

"카오스……."

그다음에 그의 진짜 이야기가 이어졌다.

"지긋지긋하지도 않으냐. 현신 없이 고작 힘이나 겨루고 있다니. 너희들의 싸움을 두고 보자니 답답할 따름이었다. 나였다면 죽고 삶을 돌보지 않았을 것이다. 잃을 것을 생각해서는 답이 나오지 않는 것이지. 너희들 같이 대등한 존재들의 싸움에선."

탓.

조슈아는 한 계단 더 뛰어올랐다.

그 자리는 이제는 존재하지 않는 아루쿠다의 자리였다.

그때도 둠 카오스는 조슈아를 저지하지 않았다.

"내게서 눈을 뗀 적이 없었으니 알겠지. 마스터께서는 모르시며 이는 나의 독단이다.

하지만 할 수 있는 게 앞에 놓여 있음에도 불구하고 하지 않는 것이야말로, 그분을 배신하는 짓이라 생각한다. 너는 이해하려고 해도 이해할 수 없는 일이다.

그러니 내가 뻔한 계략을 꾸미고 있는 것으로 보일 것이다.

겉으로 보기에는 비슷하다. 난 너희들이 진심이 되어 주길 바란다. 어차피 너를 대신해 싸워 왔던 하수인들은 다 숙청되었지 않으냐.

너는 네 손으로 엔테과스토를 숙청했고, 지금에 와서는 마스터를 숙청하려 했다. 이제는 그만할 때도 되었지.

네가 직접 싸워라. 살과 살을 부대끼고 서로의 피를 보아라. 나, 죽은 자들의 제왕이. 목숨을 바쳐 네 편에 서겠다."

조슈아가 멈추지 않고 말을 이어 나가려 할 때.

스륵.

둠 카오스의 눈알이 움직였다.

정확히 조슈아의 손에 들려 있는 호신부로 향해 있었다.

"이제야 말이 통하는군. 그렇다. 준비는 끝났다. 성(星) 죽음의 대지들에서 머무는 그 많은 죽은 것들 또한 너를 위해 사라져 갈 것이다. 영계를 주관할 권능을 준다면 그간 쌓여 온 망령들 또한 너를 위해 싸우게 될 것이다."

조슈아는 그때 흘러들어 오는 의념에 고개를 저어 대답했다.

소리는 없었지만, 그의 한쪽 입꼬리가 짧은 호선을 그렸다.

"생각만으로도 즐겁군. 네가 올드 원과 공멸해 버린다면 그보다 좋은 일은 없겠지. 하지만 그따위 뻔한 속내로 네

앞에 섰겠느냐. 죽는 것은 나뿐이다.

올드 원에게 향하는 길을 터 준다면 나는 이 악물(惡物)의 제물이 되겠다. 마스터께 바라던 일을 내가 대신해 주겠다는 것이지."

둠 카오스의 의념이 한 번 더 날아왔다.

"그렇다. 난 진심으로 너와 마스터의 최후 결전을 바란다. 나는 마스터께서 너를 쓰러트리고 유일한 신성이 되시리라 믿는다.

그렇지 않으냐. 너희들은 신성을 차지하고 있을 자격이 없다."

한편.

그때까지도 호신부는 표면적으론 아무런 이상이 없었다. 무적의 공능은 계속 그대로 영향이 없었다.

둠 카오스가 만들어 낸 것이지만 무적의 공능 쪽이 아닌, 분명히 존재할 함정 쪽에 본인의 통제력을 심어 둔 것이 확실해졌다.

본인이 원하는 시기에 쾅 터트릴 그것은 아마도 뇌관이 아니겠는가.

"어떤 모험도 하기 싫다면 문젯거리를 없애는 것도 한 방법이다. 무적의 공능을 사용하지 않겠다. 가만히 당해 주마. 터트려라."

조슈아는 호신부를 자신의 가슴에 가져다 대며 말했다.

폭발이든 저주든.

역시나 그 파괴력이 굉장할 것이기 때문인지, 아니면 기껏 심혈을 기울여 만들어 둔 게 아까운 까닭에선지.

잠잠할 뿐이었다.

조슈아는 안도하지 않고 말했다.

"그도 아니라면 올드 원에게 가는 길을 열어라. 또 그도 아니라면 나는 이 길로 마스터에게 향해 네 약점을 고하고 말겠다. 마스터께선 네 빛기둥들을 파괴하기 시작할 것이다.

막을 수 있을 것 같으냐. 올드 원을 뿌리칠 수 있다 자신하느냐?

설령 마리로 뭔가를 도모할 생각이라면 가당치도 않은 것이다.

마스터께 심적 고통을 선사할 수는 있을지언정, 마리 따위로 마스터를 저지할 순 없지. 네 저열한 나머지 군주들이 어디의 편에 설지도 궁금하구나.

하지만 이는 네게도 마스터께도 최악의 가정이다. 올드 원만 즐거울 뿐…… 흡!"

갑자기였다.

조슈아의 입에서 놀란 숨이 터져 나왔다. 굉장한 압력이 정점에서 불어 나와 그를 계단 한 층 아래로 내동댕이쳤기 때문이었다.

압력이 산산이 흩어지며, 하나하나의 기운이 칼처럼 변했다.

스삿! 스삿! 스사사사삿―!

그것들이 조슈아를 난도질하기 시작했다.

조슈아는 호신부만 붙잡고 있었다. 몸의 곳곳이 찢어지며 눈앞에선 고통의 섬광만 번뜩여 대지만 왜 모를까. 이건 긍정적인 신호였다.

과연 칼날은 그의 급소들을 피해서 꾸준한 고통만 선사해 올 뿐이었다.

그러나 그 섬세함은 이루 말할 데가 없어, 조슈아의 얼굴은 죄인의 낙인이라고도 볼 수 있을 상처들로 가득해졌다.

조슈아는 굳이 자신의 얼굴을 보지 않아도 어떤 몰골일지 알았다.

마스터께서 되찾아 주신 옛 얼굴은 역병 딱지만 없을 뿐이지 또 누구나 보자마자 고개를 돌려 버리고 말, 역한 얼굴로 변해 있을 것이다.

그럼에도 불구하고 그는 웃을 수 있었다.

바닥에 처박힌 그에게선 실제로 웃음소리가 흘러나왔다.

"크……."

둠 카오스는 제안을 받아들였다.

이로써 비록 자신은 목숨을 잃고 말겠지만, 마스터께서 치르시게 될 마지막 관문은 자신이 직접 열어 줄 수 있게 되었다는 게 기뻤다.

그건 자신 말고는 마스터의 어떤 측근이라도 못하는 일이었다.

그분의 오랜 지지를 전폭적으로 받아 온 염마왕도, 그분의 여자이자 계단으로 초대된 마리조차 꿈도 꿀 수 없는 일이다.

언데드 엠퍼러에서 엔테과스토의 모든 걸 전승하게 된 자신.

오로지 조슈아 폰 카르얀만이!

"크크크…… 크흐흐흐흐……."

웃음을 흘릴 때 핏물도 함께 흘러나왔다. 게다가 얼굴에 난 온갖 상처들에서도 피가 떨어져, 바닥에 핏물이 고였다.

조슈아는 제 핏물에 코를 박고 있다가 자신을 옥죄는 힘이 완전히 사라졌을 때 고개를 들었다.

둠 카오스가 권좌에서 몸을 일으키고 있었다. 그런 둠 카오스의 모습을 보는 조슈아에게 미련이 아주 없는 것은 아니었다.

두 가지였다.

하나는 마스터의 곁에 최후까지 남아 있지 못한다는 점이었고.

다른 하나도 자신의 마지막을 함께하며 싸울 동료가 둠 카오스라는 사실이라는 점에서 비슷했다.

그 두 가지 외에는 남아 있는 게 없었다.

시작의 장을 관통하며 그의 감정은 메마를 대로 메마르고 말았는데, 여한으로 남아 있던 옛 얼굴까지 되찾은 순간에야말로…….

그가 삶을 이어가야 할 목적은 정말로 그것밖에 없었던 것이다.

'다시 똑같이 살라 한다면 자신 없다. 이보다 더할 수 없지.'

그래서였다.

마스터를 위해 희생하는 게 아니다. 그저 목적에 충실한 삶을 살다 가는 것이다.

마스터의 성정상 그런 일은 없을 테고 바라지도 않는 바지만, 조슈아는 생각했다.

'제 죽음을 슬퍼하지 마십시오, 마스터. 저는 만족합니다.'

그러며 그는 둠 카오스가 혹여나 변심할 경우를 의식해서 일을 서둘렀다.

호신부는 정화가 필요 없었다.

언제고 쓸 수 있게끔 마스터를 유혹하려고 만들어진 것
이었다.

조슈아가 그것을 보다 힘 있게 움켜쥐었다.

그러자 거룩하고 신성스러운 것이라 착각하기에 충분한
힘들이 전신을 따라 흐르기 시작했다. 진정으로 준비가 되
었다.

죽을 준비가.

마지막으로나마 그는 육성으로 그 말을 뱉었다.

"마스터(Master)……."

*　　　*　　　*

되돌릴 수 없다.

천공에 엉켜 있는 둠 카오스의 힘이 다른 움직임을 보였
다.

천공을 가득 채웠던 검은 색채들이 한 방향으로 응집되
기 시작하는데, 궁극의 영역에서도 동일한 현상이었다.

그것은 둠 카오스가 현신(現身)을 갖추는 징조다.

조슈아가 오르까에게 호신부를 넘겨받은 후로부터 얼마
지나지 않아 일어난 일이었다. 역시나 조슈아가 깊이 개입
된 일.

"정말로 네놈이 앞당기고 말았다!"

오르까에게 뱉은 외침이었지만 실상 나 자신을 향한 자책과 같았다.

확신한다. 두 원흉 모두 아루쿠다와 내가 벌였던 싸움에 개입하려 했다. 그것들의 힘겨루기는 그러한 충돌에서 시작되었으며 관성(慣性)처럼 지금까지 이어져 왔었던 것이다.

싸움을 마치고 광분을 짓누른 후.

성일을 찾아 조슈아의 행방을 듣게 되었던 당시에는 이미, 두 원흉 간의 힘겨루기가 절정으로 격해져 있는 상태였었다.

그것들은 시간 역행에 영향을 받지 않는다.

조슈아가 성일을 찾았던 시간대는 아루쿠다와의 싸움이 한창일 때였다.

그때로 돌아가면 올드 원이든 둠 카오스든 어떤 놈이든지 간에, 그 틈을 비집고 들어오는 데 성공한 놈에 의해서 상황이 최악으로 돌변하게 되어 있었다.

이제는 두 놈 모두 내 죽음을 바라고 있지 않은가. 그것들이 통제할 수 없는 선까지 성장해 버렸으니까. 오히려 그것들과 같은 영역 안에 도달한 것이다.

그래서 최선은 늦지 않길 바라며 조슈아를 찾는 것밖에 없었다.

하지만 나만큼이나 그 역시 내 눈에 띄지 않기 위해 최선을 다했던 것 같다. 정말로 성(星) 죽음의 대지 중 한 곳에서 최후의 순간을 기다리며 오르까를 조종하고 있었다면.

그를 찾을 방법은 전무했다.

있다면 단 한 가지.

이계에서만 찾을 게 아니라 본토에서 오르까를 쫓쳤어야 했다. 그러면 호신부가 그의 손에 들어가는 일은 없었을 것이다.

무심결에 시간 역행에 의존하고 있었는지도 모른다. 그의 두 번째 행방이 밝혀지는 시간대가 확보되기만을 말이다.

"앞당겼어……."

그러니 그건 자책이었다.

이 와중에도 작금의 심정을 제대로 파악하려는 내 자신이 지긋지긋하다. 오래된 버릇들이 날 좀먹어 들어오는 듯했다.

전쟁은 둘째치고, 이런 내가 일상으로 복귀할 수나 있을까.

젠장. 젠장. 젠장!

[시간이 역행 됩니다.]

마지막 희망을 걸었다. 역행한 시간대는 오르까가 여기로 진입했을 무렵이었다.

시간이 되돌려졌어도, 둠 카오스의 기운이 응집되는 현상은 그대로 진행되고 있었다. 장소를 이동한 즉시 오르까의 기척을 쫓아 움직였다.

녀석은 초주검에 이른 전과는 달리 멀쩡한 모습으로 던전에서 막 빠져나왔다. 그러며 호신부를 움켜쥔 한 팔을 하늘을 향해 들고 있었다.

조슈아가 나타나 그걸 가져가길 기다리고 있는 것일 터였다.

내가 먼저 날아가 그것을 낚아챘다.

[둠 카오스의 옛 호신부 (잡화)]
[통장 사본 (잡화)]

[통장 사본 (잡화)
본토의 통장을 본떠 만들어진 잡화에 불과합니다.
이 물건에서 어떤 특이점도 발견할 수 없습니다.]

늦었다. 역시나 조슈아는 호신부를 사용한 것이었다. 악물(惡物)을 뒤집어써 버렸다.

나도 뻔히 보이는 것을, 조슈아라고 그것이 어떤 악물인지 모를까.

클럽의 주요 가문 중 카르얀의 태생으로 출발선부터 고등 교육을 밟아 온 그였다.

사전 각성자로서 초인 집단을 통솔해 오며 동시에 경영과 클럽 사업에도 손을 떼지 않았던 그.

여느 평범한 가장에 불과했던 성일조차도 시작의 장을 관통하며 단련된 것은 능력뿐만이 아니었다. 하물며 조슈아는 비록 2막 1장을 계기로 그의 세계가 무너지다시피 했다지만 이후로 끊임없는 도전을 꺾어 왔을 사내란 말이다.

그가 살아왔을 삶을 떠올려 봤을 때, 비로소 나는 인정할 수밖에 없었다.

조슈아는 본인의 계획에 종지부를 찍었다. 여기에서 내가 더 개입하는 것은 내 비열한 이기심에 불과하다.

그를 구제한다는 명분 따위로도 극복할 수 없는 것이었다.

그를 존중하지 않는 것이다.

그에 대한 모독이다.

"조슈아…… 네 계획을 승계하겠다."

그때 조나단이 오르까를 쫓아 진입해 왔다.

그가 오르까를 죽일 듯이 노려보며 말했다.

"배은망덕한 것이다. 본부를 난장판으로 만들어 놓고 마리의 객실에서……."

하지만 그의 말은 도중에 끊겼다. 우리는 같은 곳을 바라보았다.

조나단은 그간 내 충고를 이행해 왔던 것 같았다. 그렇지 않고서는 이렇게 즉각적으로 마나의 흐름을 읽어 낼 순 없었다.

방향은 북서쪽.

거기에서 밀려오는 힘이 지각을 쪼개며 퍼지고 있었다.

충격파였다.

획—!

조나단과 내가 먼저 뛰어올랐다. 오르까는 한 박자 늦게 우리를 답습했다. 우리가 서 있던 자리는 먼 지평선부터 굉음을 달고 온 힘에 직격되었다. 거기는 벌써 이쪽과 저쪽으로 구분되는 절벽으로 갈라져서 끝 모를 어둠만 드러내고 있었다.

조나단에게 본토로 돌아가는 게이트를 열어 주고 나서 눈짓으로만 말을 대신했다. 그는 미련을 남기지 않고 즉각 돌아갔다.

이젠 우리 차례였다.

"들은 대로만 말하면 이랬수. 허튼짓 말라 합디다."

"진정 본토가 안전하길 바란다면 지금껏 당신이 어떤 흉터를 얻어 왔는지 고심하시는 것만으로도 충분할 것입니다. 이 말이 닿는다면 당신에게 도전할 기회를 주지 마십시오."

그렇게 조슈아는 꾸준히 전달해 왔었지 않은가.

그가 그려 온 또 완성 직전에 있는 그림에선 내가 존재하지 않는다.

그걸 해치지 않아야 한다.

하지만 그가 남기게 될 기회만 기다리고 있을 게 아니라, 내가 할 수 있는 것을 해야 한다. 지금 가능한 일들을…….

그중에 하나는 조슈아의 목숨에 관한 것이다.

"만회할 기회를 주겠다, 오르까. 따라와라."

*   *   *

[게이트 생성을 시전 하였습니다.]

[목표: 엘슬란드 앞 바다.]

충격파로 예상되는 근원지에서 멀리 벗어나 있음에도 불구하고.

엘슬란드에서부터 그린우드 대륙까지 갈라놓을 힘이 터져 버렸으니, 바다라고 온전할 이유가 없었다.

엘슬란드의 대해(大海) 전체를 움켜쥘 수 있는 거대한 손이 거기를 한 움큼 움켜쥐었다가 뒤집어 버린 것만 같았다.

바닷물이 머리에서 쏟아지고 있었다. 반면에 엘슬란드 해안은 그들의 앞바다에서 일어나는 말세의 징조가 전혀 다른 세상의 일인 듯이 건재했다.

성전의 탑의 비호가 미치고 있는 것이었다.

어쨌거나 엘슬란드 대륙 인근에서 전투가 시작되었다.

천공에 퍼져 있던 올드 원의 기운도 응집을 마친 상태였다. 올드 원 또한 현신을 갖추며 두 재앙이 현실로 도래했다.

그것들이 공멸할 날을 고대해 왔다. 하지만 지금, 조슈아의 계획에서도 둠 카오스가 받아들였을 거래에서도 그런 시나리오는 포함되어 있지 않다.

그래서는 조슈아와 둠 카오스의 공조가 성립되지 않으니까.

조슈아는 섶을 지고 불에 들어갈 것이며 그 악(惡)한 불은 비명 같은 괴성과 함께 활활 타오르고 말 것이다. 거기까지가 조슈아가 그리고 있는 그림일 터.

그래.

조슈아가 이리도 서두르지 않았다면 둠 카오스와 올드 원은 서로 싸움을 그치고 나 먼저 제거하려 들 수도 있었다.

그런 공조가 쉬운 건 아니지만 꼭 불가능한 것만도 아니다.

아랫것들을 꾸준히 숙청해 온 놈과 제 일신의 영광을 위하여 피조물 전체에 파멸을 예정해 두었던 놈이 만나면 뭔들 못할까.

궁극의 영역에 진입했다. 두통 따윈 없이.

하늘에서부터 쏟아지던 바닷물은 정지되었고 오르까의 신형 전체만 한눈에 담겼다.

오르까도 궁극의 영역에서 매우 느릿하게나마 움직임을 보일 수 있었는데, 해수면 위에 서 있을 수 있는 동작이 이어지고 있었다.

조슈아를 구제할 수 있다면 그가 내게 그랬듯이 나 역시 망설일 게 없다.

[시스템 관리자 오딘: 거부하지 마라. 네놈이 연명
할 수 있는 유일한 길이자, 내게 큰 공적을 남길 수 있
는 일생일대의 기회다.]

[시스템 관리자 오딘: 이 일을 성사시킨다면 네놈의 공로를 어떠한 무엇 이상으로 인정해 주겠다. 네놈이 독립을 열망하기 시작했다는 걸 알고 있다. 네놈을 네 일족의 제왕으로도 만들어 주마.]

[시스템 관리자 오딘: 단, 실패하거나 최선을 다하지 않는다면 네놈과 네놈의 모든 사생아들을 도륙하고 또 도륙하여 영혼조차 남기지 않을 것이다.]

[시스템 관리자 오딘: 그로도 화가 풀리지 않는다면 공허의 지옥 속에서 최선을 다하지 않은 바를 영원히 후회하며 살게 만들어 주겠다.]

이건 의념의 일종이었다.

궁극의 영역에서도 오르까에게 바로 미친 그것은 녀석의 두 눈을 부릅뜨게 만들었다.

[시스템 관리자 오딘 : 저항하지 마라. 그 또한 결과는 죽음뿐이니.]

최소한 더 그레이트에 준하는 준비가 갖춰져야 할 것이다.

[* 시스템]

[오르까의 내부 세계를 인식 합니다.]

창이 떴다.

각성자들과는 다른 구성.

아루쿠다에게는 60억 경험치 분의 마석들이 산재해 있었을 테지만, 오르까 녀석에게 들어있는 마석은 한 개뿐이다.

마음 같아선 녀석이 아니라 내가 직접 들어가고 싶다. 또 그럴 수 없으니 녀석에게 가능한 힘을 모두 쏠려 버리고 싶다.

그러나 조슈아가 그리고 있는 그림에 방해가 되지 않는 선은 아무리 높게 잡아도 보통의 더 그레이트를 초과할 수 없었다.

결전을 치르고 있는 올드 원과 둠 카오스의 시선을 한몸에 받지 않으려면 말이다.

[시스템 관리자 오딘: 힘을 아꼈다가는 살아남을 수
없을 것이다. 명심해라.]

힘을 주입하면서 동시에 진행하였다.

[오르까를 시스템 사용자로 등록 합니다.]

오르까는 저항하지 않았다.

[오르까의 투구를 생성 하였습니다.]
[오르까의 흉갑을 생성 하였습니다.]
[오르까의 각반을 생성 하였습니다.]
[오르까의 신발을 생성 하였습니다.]
……
[오르까의 반지를 생성 하였습니다.]

내 손아귀에서 완성되자마자 녀석의 몸에 결착시켰다.

오르까는 부쩍 늘어나 버린 힘에 기뻐할 수 없는 처지였다. 녀석부터가 그걸 인지하고 있는 것인지, 두 눈이 흔들리기 시작했다.

하지만 녀석 또한 사연 많은 삶을 살아온 지성체 아니던가. 내게서 살아남으려면 무엇을 각오해야 할지 모를 수가 없는 것이다

스스로를 다잡으려는 결단이 그 두 눈에서 전해져 왔다.

[시스템 관리자 오딘: 조슈아의 부활을 담고 돌아와라. 반드시.]

마지막이었다.

[사용자 오르까가 특성 '역경자'를 획득 하였습니다.]

*   *   *

남은 일은 분명하다.

[0:05 ― 오르까가 전장(두 원흉의 격전지)으로 진
입을 시도하고 있습니다.]

둠 카오스가 올드 원과의 싸움에 한 눈이 팔려 있는 지금
이야말로 각성자들을 안전 지역으로 옮겨 놓되 마지막 싸
움을 준비시키기에도 충분한 때인 것이다.
둠 카오스가 시스템에 개입할 수 있는 가능성을 염두에
두자면 1분 1초가 급했다.

[0:06 ― 오르까가 전장(두 원흉의 격전지)으로 진
입을 시도하고 있습니다.]

성채에서 연희를 발견하자마자 말했다.

"네 아이들 좀 써야겠다."

＊　　　＊　　　＊

성일은 이 순간을 잊은 적이 없었다.

그 옛날에도 그랬듯이 이번에도 예고 없이 찾아왔다.

화아악―!

다만 당시와 다른 점은 제 몸을 휘감아 어딘가로 빨아들이는 힘을 조금이나마 인식할 수 있다는 것이었다.

벌겋게 변한 시야 중앙에 또렷이 박혀 들어오는 글자들.

과연 그것들은 오래된 기억과 일치했다.

달라진 점이라면 단어 일부가 시작에서 최후로 바뀌었다는 것뿐.

[최후의 장에 진입 합니다.]

어딘가로 옮겨지는 찰나 동안, 성일의 얼굴에 서려 있던 당혹감은 사라졌다.

이윽고 옮겨진 장소가 3평 정도 되는 출구가 따로 존재하지 않는 검은 공간이란 걸 알게 되었어도 그의 표정은 달라지지 않았다.

오히려 그의 입가엔 작은 미소가 그려져 있었다. 그분의 오랜 전쟁이 종착점으로 향하는 순간임을 직감했기 때문이었다.

'드디어. 드디어……'

게다가 시작의 장은 올드 원 씨불놈이 주관했지만, 지금은 아닐 터였다.

그러니 성일은 정체불명의 기척이 공간을 난입해 들어오는 걸 눈치채고도 전투태세를 갖추지 않았다.

[안녕하세요. 각성자님. 최후의 장에 진입하신 걸 축하드려요. 저는 각성자님을 맞이하게 된 인도관 루─지아랍니다.]

"느그들이 또 인도관인 거구만."

성일의 태연한 물음에 도리어 정령의 얼굴이 구겨졌다.

['시작의 장에서 고초를 겪으시고 이계에서의 전쟁에서도 살아남아 여기까지 도달한 당신이라면 우리 인도관들의 존경을 받을 자격이 있답니다', 라고 말씀 드릴 생각이었는데…… 느그들이라뇨.]

[(˘д˘)]

[아직 사태 파악이 안 되는가 본데요. 이번은 참고 넘어갈 테니 조심해 주세요.]

[이 칠흑의 공간이 각성자님께는 두렵게 느껴질 수도 있겠지만 사실은 달라요.]

"조금도 안 그러는디. 그나저나 내 하나 묻⋯⋯."

[저 루ー지아의 말을 도중에 끊지도 말고요.]

[각성자님께선 제법 강하시다고 자부하시고 있는 것 같지만, 저 루ー지아는 각성자님들을 언제고 '좋은 곳'으로 보내 드릴 권한이 있답니다. 아시겠어요? 질문은 저 루ー지아의 말이 다 끝나고 해 주세요. 일단은 닥쳐 주시길. (˙д˙) 처음부터 다시 해야 하잖아요.]

[이 칠흑의 공간이 각성자님께는 두렵게 느껴질 수도 있겠지만 사실은 달라요. 여기는 각성자님을 평가하는 자리랍니다. 각성자님의 현재 레벨과 직위 그리고 평판 수치를 참고로 하여 이후 본격적으로 옮겨지는 무대에서부터 각성자님의 새로운 직위가 결정 됩니다.]

[너무 걱정 마세요. 우리 인도관들은 시작의 장에서

각성자님들이 만나셨던 반동분자들과는 다르게 무척이나 공정하니까요.]

　　[그럼 지금부터 각성자님을 평가하는 시간을 가지겠습니다.]

　　['이름: 권성일' '레벨:…….']

하지만 기다려도 도중에 끊긴 메시지는 완성되지 않았다.

성일이 물었다.

"왜 하다 말어?"

　　[저, 저…… 저기…… 권성일 님? 이거 사실인가요?]

"사실이냐니?"

　　[너무하세요. 저 가련한 루―지아를 놀려 먹으니 기쁘셨나요. (ㅠ─ㅠ)]

　　[진즉 말씀해 주셨다면 지극한 예를 담아 말씀 드렸을 거예요. 아무쪼록 인간 군단의 제사장, 칼리버 권성일 님을 대면 하게 된 것은 저 루―지아의 무궁한 영광

이어요. 저 루―지아가 다시 인사 올리겠습니다.]

　[제 이름을 기억해 주셨다가 윗분들께 잘 말씀해 주신다면 저 루―지아는 그 이상의 바람이 없을 거여요.]

　[그리고 본격적으로 시작하는 다음 무대에서도, 그 이후로도 칼리버 권성일 님 덕분에 제가 운영권을 가지게 될 것 같은데…… 앞으로도 잘 부탁드리겠어요.]

"아따. 주둥이는 그만 씨부리고 결론만 하자잉."

　[누가 누구를 평가하겠어요. 각성자 권성일 님께선 이상 무! 프리패스예요.]

　[(ㅁ > ‿ ¹)/ ♡ 저 루―지아의 이름을 꼭 기억해 주세요. 이건 저 루―지아가 사랑을 담아 드리는 선물이랍니다.]

　[첼린저 박스를 획득 하였습니다.]

"선물? 선물이라고? 웃기는 소리 하들 말어. 그짝 루지아라고 했지."

[무, 무슨 오해가 있으신 것 같은데요.]

"오해는 무슨 오해. 그분께서 공들여 얻으신 힘의 일부인디."

[그러니까 시스템께서 보내시는 선물이라구요. 거기에 저 루―지아의 사랑을 보탰구요.]

"됐고. 마리 누님도 진입하신 거여?"

[마…… 마리 누님이시라면…… 설마…… (｡◕ˇдˇ◕｡) 아니시죠?]

"진짜 그짝은 쫄자 중에 쫄자였구만."

[하지만 권성일 님 덕분에 빠른 진급이 예정되어 있답니다. 그럼 최후의 장, 1막 '준비의 장'으로 넘어가겠습니다.]
[외쳐 볼게요. 각성자 권성일 님은 프리패스~~~!]

"잠깐. 딱 기다려."

[예?]

"아무래도 그짝은 안 되겠어. 그짝 같은 쫄자 말고 대장 데려와."

인도관 루지아는 울상이 되었다.

*　　　*　　　*

[1막, 준비의 장에 진입 하였습니다.]

한눈에 보기엔 낡은 교실이었다. 강의대를 바로 앞에 둔 그 자리에선 텅 비어 있는 책상들 또한 한눈에 들어왔다.

순간 본토로 귀환했는가 싶었는데, 보통의 교실과는 조금 달랐다.

책상 수가 갑절은 더 많아 보였다. 여기가 본토가 아니라는 증거는 운동장과 복도 쪽으로 나 있는 창밖 너머를 보아도 확실했다. 그쪽으론 아무것도 존재하지 않았다. 이 역시 독립된 시공간이었던 것이다.

성일은 그때 진입해 온 인도관 쪽으로 시선을 돌렸다.

[다른 각성자 분들은 아직 평가를 받고 있는 시간이
니까요. 곧 차례대로 진입할 거예요.]

"대장 데려오라고 했을 텐디? 내 말이 같잖은 거여? 아
니믄 그분께서 세우신 룰인 거여? 확실히 하고 가자고. 그
분께서 세우신 룰이믄 잔말 않고 따르겠으."

[안녕하세요. 제사장님. 소개가 늦었지요. 저 역시
제사장님과 동격이라 할 수 있는, 우리 루세아 일족의
제사장 루ー루아입니다.]

"구라 까믄 재미 없을 텐디."
성일이 짓는 희미한 웃음 속에서 붉은 눈알이 번뜩였다.

[대상을 일부분 간파하였습니다.]

[긴장하고 있는 아이 (종족)
루세아 일족의 제사장 중 하나입니다.
LV: 5**]

"제대로 왔구만. 다름이 아니라 어떻게 되고 있는 거여?

좀 전의 쫄자 놈은 도통 아는 게 있어야 말이지."

[당연한 물음이에요. 칼리버 님께서는 들을 자격이
있답니다. 현재 성(星) 드라고린은 두 신성의 싸움이
한창이랍니다. 시스템께서는…….]

"그분이라고 혀."

[칼리버 님도 아실 만큼 아시니, 뭐…… 상관 없겠
죠. 알겠어요.]
[그…… 그…… 그…….]

"무슨 말을 그리 떤디야."

[*** 님은 정말로 정말로 ٤(`ω´)٤ 무시무시하시답
니다. 아랫것들은 몰라도 저 루―루아만큼은 *** 님의
무시무시함을 너무나 잘 알고 있지요.]
[어쨌든 ***께서는 여러분들의 안전과 이후 쓰임을
위해 여러분들을 소집한 상황입니다. 칼리버 님께서도
처음 이동되었던 칠흑의 작은 공간이나 여기 이 공간
역시, *** 님의 권역 안인 것이고요. 우리 루―세아 일

족 역시 최후의 장 인도관으로 소집되었답니다.]

"내가 궁금한 건 그 쓰임이 뭐냐는 것이여."

[저 루―루아야말로 칼리버 님께 묻고 싶었던 바예요. 그런데 하나도 모르시다니. *** 님의 측근 맞아요?]

[헤헤. 안 넘어오시네. 물론 장난이었구요. 같은 제사장끼리 속 시원하게 터놓고 얘기해 보아요. 지금 엄청나게 중요한 때라서요.]

[두 신성의 싸움이 어떤 결말을 지을지도 관건이겠지만, 이후 *** 님의 선택에 따라서 인간 군단도 우리 루세아 일족도 피바다 속에서 헤엄치게 생겼거든요. 잘못하다간 아주 다 골로 가는 거여요. 피바다 아시죠?]

[이런데도 아랫것들은 무슨 상황인지도 모르고 신이 났죠. 바보도 그런 바보가 따로 없어요. 그죠?]

[그죠? 그죠? 그죠? 그죠? 그죠? 그죠? 그죠? 그죠? 그죠?그죠? 그죠? 그죠? 그죠? 그죠? 그죠? 그죠? 그죠? 그죠? 그죠?]

성일은 유난히 더한 인도관의 수다스러움에서 인도관이 느끼고 있는 긴장을 전해 받았다. 그리고 보니 인도관의 작은 얼굴은 경직되어 있었다.

"흐흐. 이제 보니 느그들도 전장에 서게 되는 거였구만?"

[그러니까 ***님께 잘 좀 말해 주세요. 생각만으로도 몸서리쳐지지만 한번 노력해 보겠어요. 말씀만 하시면 저 루—루아가 전달해 드리겠단 말이에요.]
[저희 같이 작고 약한 것들에게서 무슨 쓸모를 보셨는지는 모르겠지만…… 정말로 그래요. 저희는 각성자님들께 아무런 도움이 되지 않을 거예요. 오히려 짐만 되겠죠. 그쵸?]

[그쵸? 그쵸? 그쵸? 그쵸? 그쵸? 그쵸? 그쵸? 그쵸? 그쵸?그쵸? 그쵸? 그쵸? 그쵸? 그쵸? 그쵸? 그쵸? 그쵸? 그쵸?]

"느그들은 참말로 징한 것들이다."

[뉘에. 뉘에. 어련하겠어요. 덩치만 크지 자기 잇속도 못 챙기시는 분께 무슨 말을 할까요.]

[이제 우리는 다 뒈졌어요. 님도 저도 ***님의 계획 하에 다 갈려 나가겠죠. 와아아아아아~! 기쁘당. 그것 참 영광스러운 죽음이네요.]

[벌써부터 너무 기뻐서 온몸이 다 떨린답니다. ₹(˙ω˙)₹ 요것은 절대 무서워서 떠는 게 아니어요.]

"한 번만 더 그따구로 씨부리면 그짝 뚝배기부터가 온전치 못할 거여. 그짝 말대로 같은 제사장끼리 싸워서 뭐 하겄어."

성일은 속으로 웃음밖에 안 나왔다. 저렇게 투덜대고는 있어도 결국엔 그분의 명령대로 따를 수밖에 없는 처지인 것들이다.

즉, 시작의 장에선 각성자들의 운명을 주관했던 것들이 그분의 종에 불과해진 것이다.

"앞으로 서로 도와야 할 순간이 산더미일 것 같은디. 그려 안 그려?"

[…….]

"불평은 그쯤하고 이왕 이렇게 된 거. 서로 잘해 보드라고. 루—루아."

[그래도 우리 이름을 제대로 불러 주시는 분은 칼리
버 님밖에 없네요.]

"내 혀가 쪼까 꼬부라져 있긴 허지."

그때부터였다.

하나둘.

빈 책상에 각성자들이 난입되기 시작했다. 흡사 의자에서
부터 자라나듯이 앉은 꼴로 나타났다. 성일은 그들이 시작
의 장에서 같은 그룹에 속했던 자들임을 단번에 눈치챘다.

"오랜만인 것들도 있고 아닌 것들도 있구만. 어쨌든 반
갑다잉."

"칼리버를 뵙습니다."

"칼리버를 뵙습니다."

인도관 루루아를 상대하면서 머금어져 있던 성일의 미소
도 천천히 흩어지기 시작했다. 정말로 끝이 가까워지고 있
었다.

자신만이 아니라 모두가 그런 눈을 한 채 나타나고 있었
다.

그렇기 때문에라도 성일은 자신의 모든 걸 투입할 각오
를 다졌다. 그것을 시작으로 그는 헤라나 기타 경쟁자들을
의식해서 일부러 감춰 두고 있었던, 그것부터 끄집어냈다.

"There is a saying like this in the old saying(옛 말에 이런 말이 있으.).

If you're willing to survive, you would die. If you're willing to die, you would survive(살고자 하믄 죽을 것이고, 죽고자 하믄 살 것이다.).

There is no more correct word for us than that(우리에게 그것 보다 맞는 말은 없는 것이여.).

Welcome to my group(내 그룹으로 들어온 걸 환영한다)."

Chapter 3.

각성자들이 최후의 장으로 이동을 마쳤다.

이계에 있었던 각성자들 중에서 거기에 배속되지 않은 이들은 김지훈 외 내 추종자들뿐.

그래서 성채에 남아 있는 자들은 그들과 본토에서 들어왔었던 엔지니어들밖에 없었다. 작금의 상황을 지레짐작하고 있는 추종자들과는 다르게 본토의 엔지니어들은 겁에 질렸다.

성채 밖으로 말세(末世)의 징조가 한창일뿐더러, 그들에게 지시를 내리며 감시하고 있던 각성자들이 갑자기 사라졌기 때문이었다.

나는 그들 앞에 본부로 통하는 게이트를 생성시켜 놓고 침전으로 향했다.

그때도 게이트는 완성되지 않았다. 느릿하게 틈을 벌려 가고만 있을 뿐이었고, 날 발견한 김지훈의 눈동자 또한 그렇게 느린 속도로 움직였다.

침전 안.

거기야말로 고독으로 가득 찬 공간처럼 느껴졌다. 오르까를 조슈아에게 보내 놓고 각성자들마저 최후의 장으로 옮겨 놓고 나자 남은 일이라곤 정말로 지켜보는 것밖에 없기 때문이었다.

권좌에 앉아서 두 마디 뱉었다.

그때만큼은 느렸던 시간이 정상으로 흘러가며 추종자들과 본토의 엔지니어들에게도 내 목소리가 제대로 전달되었다.

물론 엔지니어들 앞에 생성시켜 두었던 게이트 또한 그 즉시 완성되었다.

"본토로 돌아가는 게이트다. 가족에게 돌아가도록."

엔지니어들에게 전한 한마디.

"너희들에겐 여기가 최후의 장이다. 끝까지 침전을 지켜

라."

　김지훈에게 전한 한마디.

　그것을 끝으로 권좌에 몸을 맡겼다. 그 순간 모든 소리들이 일제히 끊겼지만 오르까의 상황 창만큼은 계속 갱신되고 있었다.

　그 어느 때보다 시끄럽게.

　[0:26 ─ 오르까가 전장(두 원흉의 격전지)으로 진입을 시도하고 있습니다.]

　[0:26 ─ 오르까가 스킬, 심연의 촉수를 시전 했습니다.]

　긴 시간이 시작되었다.

　[0:41 ─ 두 원흉과 조슈아가 만들어 낸 충격파가 오르까를 강타했습니다.]

　[0:41 ─ 오르까가 치명상을 입었습니다. (양 다리 절단)]

　[0:41 ─ 오르까의 특성, 끈질긴 재생의 돌기가 발동 했습니다.]

[0:41 — 오르까의 특성, 끈질긴 재생의 돌기가 파훼 되었습니다.]

[0:41 — 오르까가 아이템, 오르까의 반지를 사용 했습니다.]

[0:41 — 오르까의 부상이 대폭 회복 되었습니다.]

[0:41 — 오르까가 전장(두 원흉의 격전지)으로 진입을 시도하고 있습니다.]

[0:41 — 오르까가 치명상을 입었습니다. (내장 파열)]

메시지 하나하나에 오르까의 처절한 비명 소리가 깃들어 있었다. 피를 울컥 뿜어내면서도 무거운 몸을 이끌고 있을 녀석의 모습이 그려졌다.

한때 제 종족에게 버림을 받은 신분이었던 녀석이다. 이제는 제 종족의 제왕이 되겠다는 일념이 녀석을 이끌고 있는 것이다.

단순히 생존 본능만으로는 거대 공포를 이겨 내지 못하는 법이다.

녀석이 정말로 성공하고 돌아온다면 나는 녀석을 위해 무엇이든 해 줄 수 있을 것만 같았다. 마루카 일족의 왕좌뿐이랴. 제 일족의 숭배신으로까지 격상되고자 해도 전혀 문제 될 게 없었다.

그러니 제발. 이리도 간절히 바라고 또 바라는 것이다.

조슈아를 살려 내라, 오르까아아아―!

*　　　*　　　*

[1:02 ― 오르까가 전투 불능 상태에 돌입했습니다.]

[1:02 ― 오르까의 특성, 역경자가 발동했습니다.]

[1:02 ― 오르까가 전장(두 원흉의 격전지)으로 진입을

시도하고 있습니다.]

너무 일렀다. 역경자는 진입할 때가 아니라 빠져나올 때

를 염두에 두고 전한 것이었다.

오르까가 실패할 수도 있겠다는 불안함은 점점 현실이

되고 있었다.

대체 언제부터 조슈아를 향한 애착이 이리도 컸단 말인

가…….

강렬하고 갑작스러워서 누르기 힘든 감정이 또다시 고개

를 들이미는 순간, 팔걸이를 쥐고 있던 주먹에도 힘이 가해

졌다.

정말이다. 정녕 두 원흉과의 전쟁을 끝내는 날이 도래한

다면 조슈아의 희생이 결정적으로 작용한 것이 틀림없을

것이다.

그가 만들고 있는 기회는 그러했다.

그의 희생이 없었다면 삼파전의 양상이 지저분하게 지속되면서, 나 역시 두 원흉과 같이 타락하는 날이 올지도 모르는 일이었다.

힘을 얻을수록 그리고 두 원흉과 가까워질수록 그런 두려움이 켜져 가고 있었다.

나만큼은 타락하지 않을 거라 자신하기엔, 둠 카오스와 올드 원이라고 이를 경계해 오지 않았겠는가. 그럼에도 그것들은 타락하고 말았지.

하지만 조슈아가 만들어 내고 있는 것은 그렇게 되지 않을 기회일 뿐이지 확정된 게 아니다. 싸움은 끝나지 않았다. 그의 죽음은 최후로 돌입하는 시작에 불과한 것이다.

그렇다면 그의 죽음을 애도하되 남은 싸움에만 집중해야 하는데도 이리도 안일한 마음이 나를 지배하고 있는 것이었다.

아마도 연희에게 마음을 열어 버린 이후부터였으리라. 그녀의 무너진 삶이 가엾게 느껴진 순간, 벌어진 마음의 틈으로 그 또한 들어왔겠지.

그렇지 않고서야 설명될 수 없었다.

단지 가정일 뿐인데도 그를 다시 만날 수 없겠다는 생각이 들자마자 눈가가 뜨거워지고 만다. 전쟁이 다 끝나기라도 한 것처럼.

빌어먹을, 나선후!

종착점을 앞에 두고서 스스로 고꾸라질 참이냐!

[1:03 — 오르까가 치명상을 입었습니다.]

오르까의 성공 여부만 지켜보고 있을 일이 아니었다. 최후의 장을 준비시킨 것 외에도 취할 수 있는 이득을 만들어 놔야 한다. 조슈아도 그런 나를 기대하며 제 목숨을 바치고 있을 터.

궁리 끝에 몸을 일으켰다

[게이트 생성을 시전 하였습니다.]
[목표 : 더 그레이트 레드의 은신처]

두 원흉의 싸움이 끝난 직후를 위해서였다.

*　　*　　*

성(星) 드라고린 전역이 두 악신과 조슈아가 만들어 내는

재앙에서 벗어나질 못하고 있는데도, 여기만큼은 차분할
따름이다.

태고의 대신전 셋 중 하나.

하나는 그린우드에 하나는 엘슬란드에 그리고 마지막이
바로 여기.

더 그레이트 레드가 이런 곳에 숨어 있었으니 그간 찾질
못했던 것이다.

[시스템 관리자 오딘: 쥐새끼처럼 잘도 숨어 있구
나.]

움푹 들어간 눈구덩이 속에 붉은 눈알이 날 주시하고 있
었다.

가슴과 배가 바닥으로 깔려 있어 거기에 반 토막 나 있을
심장은 보이지 않지만, 엔테과스토가 그러했듯 녀석에게도 그
곳을 중심으로 권능의 기운이 피처럼 흘러나오는 중이었다.

그때 녀석의 후예가 적의를 먼저 실행으로 옮겼다.

이제는 하나밖에 남지 않은 드라고린 레드.

붉은 머리칼의 그 계집은 녀석의 거대 몸체에 몸을 기대
고 있다가 태초의 본능에 의해 몸을 부르르 떨기 시작했다.

[시스템 관리자 오딘: 후손을 그리도 아낀다 들었
다. 저걸 놔둘 테냐?]

내가 그렇게 뱉었을 때, 레드도 느낀 바가 있던 것 같았
다.

움직인 레드의 꼬리는 날 향하지 않았다. 용체(龍體)로
변화 중인 제 후손을 깔아뭉개 버리고는 거기서 시작된 광
기 서린 발버둥조차도 묵살해 버린다.

하지만 녀석이야말로 대화에 응할 모습을 보이지 않았다
면 저 꼴로 시작되었을 것이다.

[시스템 관리자 오딘: 눈치가 제법 있군.]

레드의 동공에 내 전신이 비쳤다.

전신의 선을 따라 아지랑이처럼 피어오르고 있는 신성의
오라.

녀석이 적의를 감추지 못하면서도 신중을 기했던 이유
나, 거리가 좁혀지는 지금도 움직이지 못하는 이유가 거기
에 있었다.

녀석은 내게서 제 창조주에게 느꼈던 일부를 보고 있었
다.

한 걸음. 한 걸음. 그때마다 뿔어 나온 기운이 녀석의 주변뿐만 아니라 신전 전체를 채워 나갔다.

[더 그레이트 레드에게 정보 '올드 원의 진 엔딩'을
전송합니다.]

의념의 형태로 뿔어 나간 그것이 녀석을 경악으로 빠트렸다.

[시스템 관리자 오딘: 골드의 기억이지. 그것만큼은
부정할 수 없을 것이다. 골드는 변절한 것이 아니라 저
항한 것이다. 본인을 비롯한 모든 피조물들을 버린 창
조주, 악신(惡神) 올드 원으로부터.]

올드 원 진영의 행동 대장 격으로서 올드 원을 믿어 왔을
녀석이었다. 설령 골드가 변절하는 사건이 발생했을지라
도, 골드의 탓으로만 돌려왔을 녀석이란 말이다.

[시스템 관리자 오딘: 이제 너는 어떤 선택을 할 것
이냐, 레드.]

그때였다.

[더 그레이트 레드가 공통 권능, 본체 강림을 시전
하였습니다.]

진실을 앞에 두고도 부정한 것인지. 아니면 스스로를 놔
버린 것인지. 그것도 아니라면 나로부터 벗어나는 걸 최우
선으로 잡은 것일 수도 있었다.

그러나 녀석이 기대했던 일은 애초부터 일어날 수 없는
것이었다.

[시스템 관리자 오딘: 제 한 몸 살피기도 어려운 판
인데 부름에 응할까.]

[시스템 관리자 오딘: 놈의 계획은 진즉에 무너졌
다. 베드 엔딩이 무엇인지는 확인되지 않아도, 이제는
우리 모두 인정할 수밖에 없게 되었지. 전황은 이미 기
울었다. 놈의 종말은 머지않았다.]

[시스템 관리자 오딘: 깊게 생각할 일도 아니지. 가
장 단순한 것이 진실일 확률이 높은 것이다. 올드 원이
우리로부터 벗어날 수 있을 것 같은가?]

녀석이 두 눈을 감은 시점에서 숨결이 부쩍 뜨거워졌다.

위에서 불어오는 열풍이 전신을 스쳐 댈 때마다, 녀석의 괴로움이 느껴진다.

[시스템 관리자 오딘: 하지만 올드 원의 종말이 꼭 네게로까지 연결될 필요는 없지.]

[시스템 관리자 오딘: 지금 이 시각, 한 마루카 일족은 내 지시를 받들어 목숨을 걸고 있다. 성공하기만 한다면 나는 그것의 소원이 무엇이든 들어줄 생각을 가지고 있지. 어떤 무리한 요구라도 수용할 생각이다.]

계속 말했다.

[시스템 관리자 오딘: 네게도 마찬가지다. 소원을 들어주지. 말해 보아라.]

이윽고 레드가 두 눈을 부릅뜨면서였다.

[더 그레이트 레드: 무엇을 하면 되는가?]

오르까는 시스템 사용자로 등록하는 것만으로도 충분했

지만, 이 녀석은 아니다.

한 번에 두 가지 작업을 병행하였다. 그것들이 무엇인지 녀석도 한눈에 파악할 수 있도록 아이템의 형식을 빌리면서였다.

왼손에는 지금도 녀석에게 걸려 있는 속박을 해제할 수 있는 그것을.

[아이템, 둠 카오스의 속박 해제를 생성 하였습니다.]
[아이템, 올드 원의 속박 해제를 생성 하였습니다.]

오른손에는 새로운 속박을 걸 수 있는 그것을.

[아이템, 둠 카오스의 속박을 생성 하였습니다.]
[아이템, 오딘의 속박을 생성 하였습니다.]

그렇게 한 손에 하나씩 잡힌 단검에는 각기 다른 공능이 깃들어 있었다.

일은 녀석이 피할 새도 없이 시작되었다. 약간의 시간 차를 두고 녀석의 비늘 속으로 꽂아 넣은 두 단검은 그 즉시 파괴되었다.

[시스템 관리자 오딘: 올드 원을 바쳐라. 놈을 대면 하게 되는 즉시, 나를 불러내는 것으로.]

본체강림(本體降臨)으로.

*　　　*　　　*

레드와 마무리를 지은 다음이었다.

[3:45 — 오르까의 생명이 위독합니다.]

바다는 전보다 격렬하게 휘몰아치고 있었다. 당장 녀석
은 거기에 휩쓸린 온갖 불순물 중에 하나로밖에 보이지 않
았다.

실제로 녀석은 불순물들 속에 뒤섞여 격류의 흐름대로
치이는 중이었다.

그 검은 유기물 덩어리에는 남아 있는 사지가 단 한 개도
없었다. 전신에 달라붙어 있었을 촉수들 또한 그저 흔적으
로만 남아 있는 게 전부.

그때, 흐느적거리는 유기물의 표면 위로 눈알 하나가 떠
졌다.

동시에 촉수들이 나를 공격해 들어왔다. 하지만 길이가 짧기도 한 데다가 뻗쳐지는 도중에 다시 고꾸라지는 것이었다.

그중 하나를 낚아챘다. 그리고 나자 하나의 덩어리처럼 보였던 것도, 얼굴과 몸통을 구분할 수 있게끔 늘어졌다.

아래로 처진 얼굴. 거기에 박혀 있는 눈깔 하나. 과연 녀석은 끝까지 나를 알아보지 못한다. 내가 누구고, 또 여기가 어디이며, 여기까지 어떻게 왔었는지도 생각나지 않을 것이다.

녀석은 그렇게 우리가 다시 만나기로 했었던 장소에만 온 정신이 쏠려 있을 터였다.

[3:11 — 오르까가 전장(두 원흉의 격전지) 진입에 성공 했습니다.]

[3:11 — 성전의 탑(엘슬란드)이 파괴되었습니다.]

……

[3:13 — 오르까에게 깃들어 있던 시스템 관리자의 라이프베슬이 제거 되었습니다.]

[3:13 — 조슈아가 라이프 베슬의 새로운 주관자가 되었습니다.]

[3:13 — 오르까에게 조슈아의 라이프 베슬이 깃들었습니다.]

지난 기록들은 날려 버린 후.

본부로 오르까를 막 옮겨 놓은 후에도 별다른 감흥은 없었다. 그러나 오르까가 재생되고 있는 과정을 지켜보고 있던 와중, 문득 갑자기 찾아오는 것이었다.

이 녀석이 조슈아의 부활을 담고 돌아오는 데 성공했구나.

정말로 성공했어!

　　　　　*　　　*　　　*

조슈아가 덮어쓴 악물, 둠 카오스의 호신부.

그것은 저주의 형태인 것 같았다. 만일 외적으로 폭발하는 식으로 발동되는 것이었다면 이 정도에서 끝나지 않았을 것이다.

드드드―!

둠 카오스의 권능으로 만들어진 성채까지 죄다 흔들렸다.

그린우드 대륙뿐만 아니라 그 힘에 그대로 직격된 다른 대륙들 또한 쪼개지고 있다.

말세의 재앙이라 할 수 있을 테고, 이 세계의 수많은 원주민들이 희생되고 있겠지만 그럼에도 불구하고 최악은 아니다.

오래전 올드 원과 더 그레이트 골드의 충돌만으로도 이 세계의 2할이 파괴되지 않았던가. 그에 비하면 지금은 준

수한 편이다.

오르까를 본토로 돌려보내 놓고서 옮긴 자리에서였다. 천공을 올려다보자 둠 카오스의 기운으로만 검게 물든 거기가 그 어느 때보다 확연했다.

올드 원을 이 세계 안으로 가둬 놓는 기운 임이 틀림없었다.

동시에 나를 가둬 놓는 기운이다. 하지만 예상했던 범주 안에 속한다. 나라도 그럴 테니까. 전리품은 경쟁자를 제거한 뒤에 챙겨도 늦지 않다.

[원흉, 둠 카오스가 군주들의 회의를 소집 하였습니
다.]

놈이 일으키는 흡력(吸力) 따윈 무력화시킬 수 있는 게 지금이다.

하지만 그러지 않았다.

그대로 몸을 맡겨 이동된 순간!

곧장 죽여 놓아야 할 것은 위가 아니라 아래에 있었다. 거추장스러운 칠흑의 장막은 최초로 치워져 있었다.

이동되는 순간에 태세를 갖추고 있었기 때문에 그 즉시 바로였다.

창끝에서 뇌력이 터졌다. 그것은 조슈아가 한때 차지했던 네 번째 계단을 그대로 지나쳐 표적을 향해 날아갔다.

둠 마운. 녀석의 얼굴이 관통되기 직전이었다. 찌릿하게 시작되었던 통증이 찰나에 급격히 커져 버리더니 시야를 꺾어 놓았다.

마운의 죽음을 확인하는 게 급했다. 녀석의 얼굴은 그대로였다. 박살 나지 않았다.

성 드라고린 전체에 힘을 퍼트린 와중에도, 둠 카오스에게 내 기습적인 공격을 차단시킬 수 있는 힘이 남아 있다는 게 놀라울 따름이었다.

역시나, 놈과 나의 힘의 격차는 지금에도 크게 벌어져 있는 것이다.

나는 복부를 짓누르며 이를 악물었다. 그럼에도 통증은 걷잡을 수 없이 커져 간다.

내부의 한 영역을 동여매고 있던 놈의 속박체.

[경고: 둠 카오스의 속박이 강해지고 있습니다.]

같은 처지가 된 연희가 보였다. 그러나 그녀가 받을 고통은 나보다 더할 수밖에 없어서 그녀는 입으로만이 아니라 전신 전체로도 비명을 토하고 있었다.

타액과 피가 뒤섞인 액체를 흘리며 감전사 직전처럼 온몸을 떤다.

하지만 저 광경에 현혹되어선 안 되는 것이다. 대신 놈의 욕심에 기대 볼 일이다.

내게 깃든 시스템 관리자의 힘까지 거머쥐고 싶다면 나를 당장 죽여 버릴 순 없는 법이다. 쥐어짜고 또 쥐어짜서 내가 스스로 바칠 수밖에 없게끔 해야 하는 것이지. 놈이 지금 하고 있는 게 바로 그 작업이다.

역시나 놈의 의념이 밀어닥쳤다.

그때 놈이 보여 준 이미지는 흉부가 터져 죽은 연희의 모습이었다.

그것도 잠시, 몸을 일으키는 마운이 보였다. 고것과 나의 격차는 천지 차이지만 고것은 나를 조금도 두려워하지 않았다.

그렇다고 본인을 죽이려 한 것에 대한 분노의 시선을 보이는 것도 아니다. 나를 지나쳐 둠 카오스를 향해 있는 고것의 시선은 극에 달한 경외로 충만했다.

제 주인이 이룩할 영광이 제게도 미칠 거라 생각하는 것 같다만.

왜 지금까지도 깨닫지 못한 것이냐.

둠 카오스는 그렇게 공정한 놈이 아니다. 만일 놈이 유일해진다면 거추장스러운 것부터 없앨 것이다.

칠흑의 계단을 없애고 비루먹은 사냥개들부터 끓는 물에 집어넣겠지. 둠 카오스 놈을 향한 마운의 경외심은 우습지도 않았다.

나 둠 마운이 회의를 주관하라는 말씀이시다.

고것의 목소리가 울렸다.

둠 맨과 둠 언데드 그리고 둠 마리는 반역의 무리들로 이를 의심할 데가 없게 되었다.

특히 과분한 안배를 받아 왔음에도 불구하고 끝까지 반역의 마음을 키워 온 둠 맨의 죄는 사형(死刑)으로 다스릴 수밖에 없다.

다만 둠 마리에게는 기회를 한 번 더 주시겠다는 말씀이시다. 이 얼마나 크디큰 관대함인가. 둠 마리는 형을 집행하라.

회의는 형이 집행된 다음에 속행하시겠다는 말씀이시다. 둠 마리!

연희는 게거품을 물면서도 나와 몇 번이나 눈을 마주쳐 왔었다.

그때도 그랬다. 속박의 힘이 느슨해진 그녀는 몸을 일으키면서 다시금 나를 올려다보았다. 그녀는 따로 언질을 주지 않아도 무엇을 해야 할지 알 여자였다.

그녀의 표정이 무정하게 변했을 때, 그녀가 준비되었다는 걸 확인할 수 있었다.

그녀가 계단을 밟아 올라온다. 카소를 지나쳐 마운의 계단까지 올라섰을 때.

내 속에 얽혀 있는 버러지들부터 끊어 놓았다.

[둠 카오스의 속박을 해제 하였습니다.]

찰나의 틈이면 된다. 아무리 둠 카오스의 비호가 있다 해도.

[사용자 우연희에게 인장, 둠 카오스의 속박 해제를
지급 하였습니다.]
[우연희가 둠 카오스의 속박을 해제 하였습니다.]

[우연희에게 더 그레이트 실버를 지급 하였습니다.]

이는 둠 카오스도 쫓을 수 없는 신성의 영역이다. 내 주먹에 감겨 있던 창은 동시간 대에 연희의 손아귀로 옮겨 갔다.

그리고 표적은 마운이었다. 그녀가 제 눈알을 검게 물들이면서였다.

*　　*　　*

그때 나도 그쪽으로 개입하려는 둠 카오스의 힘을 막아서며 전했다.

[시스템 관리자 오딘: 이 자리에서 끝장을 보길 원한다면 그리해 주지. 정녕 그러고 싶으냐?]

주변은 과거 궁극의 영역에서 느꼈던 이계 천공의 축소판이 되었다. 녀석이 일으킨 흑(黑), 내게서 불어나온 백금(白金)의 색채가 팽팽히 맞선다.

놈의 눈알은 여전한 격분으로 움직였다. 내가 본인의 속박을 해제시켰다는 사실에 대해서.

그리고 이 자리에서 나를 끝장낼 수 없는 상황에 대해서.

[시스템 관리자 오딘: 재밌는 구도지 않으냐.]

놈이 이계에 퍼트린 힘까지 회수하여 나를 상대하려 하다간 올드 원이 도주하거나 도리어 내 편이 되어 줄 가능성이 높은 때였다.

비록 저주에 찌든 올드 원이라고 해도 둠 카오스는 그걸 의식할 수밖에 없다.

[시스템 관리자 오딘: 이젠 깨달았겠지. 올드 원이 진정 회개하고 본토의 안전을 보장한다면 내 모든 걸 넘겨줄 수도 있다.]
[시스템 관리자 오딘: 네놈과 내가 사라진 상황에서는 올드 원이 본토를 습격할 까닭도 없는 것이지.]
[시스템 관리자 오딘: 나를 시험하지 말라 경고하고 싶군.]

아래는 정신세계와 현실을 오가는 싸움이 한창이었다. 피가 튀기며 살점이 찢겨 나가는 쪽은 마운이다. 더 그레이트 실버가 응응 울리는 파동이 아래에서 진동했다.

창이 스치고 지나가는 것만으로도 마운의 신형은 비틀거리기 바빴다.

멀찌감치 거리를 벌린 카소가 눈에 띄었다.

[시스템 관리자 오딘: 카락투. 마리를 도와라.]

내 의념뿐만이 아니다. 녀석은 둠 카오스의 의념도 함께 받고 있었다.

이내 녀석이 선택을 내렸다. 그러나 고개를 숙인 대상은 내가 아니라 둠 카오스 쪽이었다. 녀석이 연희와 마운을 무시하고 계단을 오르기 시작했다.

원래부터 녀석에게 기대하는 바는 없었다.

그래서 녀석이 밀약이 지킬 거라는 예상 하에 리스크를 짊어질 까닭도 없었고, 마운 다음의 표적으로는 녀석이 예정되어 있었다.

둠 카오스의 부름에 응한 것은 그 때문이었다. 최후의 장이 본격적으로 시작되기 전에 방해물들을 죄다 제거해 둘 계획으로.

녀석이 바로 밑 계단에 도달한 순간이었다.

[우연희가 둠 마운을 처치 하였습니다.]

그녀의 창이 고것의 가슴을 꿰뚫고 나왔다. 그녀가 카소의 등 뒤에 대고 외쳤다.

"이제 네놈 차례야!"

그때였다. 둠 카오스가 집중시킨 힘이 나를 아래로 밀어 냈다.

대등한 힘으로 맞부딪치기에는 연희까지 휘말릴 수 있었다. 카소를 죽여 놓지 못한 건 아쉽지만, 행방을 알 수 없었던 마운을 잡아 놓은 것이야말로 큰 수확이다. 결단했다.

둠 카오스가 나를 자극하지 말아야 하듯이, 나 역시 놈을 정도 이상으로 밀어붙여선 안 된다.

놈이 광분하여 극단적인 선택을 내리기 전에…….

나는 연희를 끌어안고 공간 밖으로 몸을 던졌다.

[칠흑의 계단에서 이탈 하였습니다.]

＊　　　＊　　　＊

질리언은 북경에서 런던으로 돌아가기 전에 서울을 경유하는 중이었다.

차량을 타고 이동 중인 그에게 한 통의 메시지가 도착했다.

「제시카: 아이는 건강히 자라고 있대요.」

SNS 메시지였지만 그것만으로도 아내의 밝아진 목소리가 들려오는 듯싶었다.

아내를 지탱하고 있는 건 배 속의 아이였다. 아이가 아니었다면 아내는 실수를 저질렀던 본인 스스로를 용서하지 못했을 것이다.

질리언은 아내의 프로필 사진을 확대시켰다. 사생활을 그리도 중요하게 생각하는 여자가 아이의 초음파 사진을 프로필 사진으로 삼은 점만 봐도 그녀의 심적 변화는 꽤 컸던 모양이었다.

아내라고 세계의 진실을 모르지 않을 텐데도.

「질리언: 내일 중으로 돌아갈 수 있을 것 같네.」

사실 질리언은 하루하루가 아슬한 기분이었다. 그건 진실을 알고 있는 자가 짊어져야 할 무게였다.

차창 밖.

평온한 일상을 살고 있는 서울 시민들의 모습이 눈에 담겼다.

그분께서 공들여 만들어 놓은 모습임에도 위화감은 어쩔 수 없는 것이었다.

외계에서는 종말이 한창 진행 중이지 않은가. 지구보다

더 큰 행성 전체가 과학적으로 설명될 수 없는 온갖 재해에 직면했다.

그리고 또 그것은 과학적으로 설명될 수 없는 존재들에 의해 설명될 일이었다. 둠 카오스, 올드 원이라는 이름이 붙은 존재……

감히 그 존재를 상상할 수 없는 신격(神格)들에 의해서 말이다.

그때 앞좌석과 뒷좌석을 가로막고 있던 프라이빗 막이 내려갔다. 조수석에 앉아 있던 사내가 질리언에게 고개를 돌리며 말했다.

"본부에서 사건이 발생했습니다."

염마왕이 영상을 공개한 이래로 각성자들에 대한 평가가 완전히 반전되었다지만, 사내가 구원자들의 도시민 중 일원이라고 해도 각성자 전체는 지옥에서 기어 나온 자들임이 틀림없었다.

질리언은 사내의 시선에서 그걸 또다시 느꼈다.

"예전에 말씀드렸던 그 마루카 일족이 원인……"

그런데 갑자기였다. 사내의 목소리만 흩어진 게 아니었다.

거기에 앉아 있던 사내는 보는 앞에서 증발했다. 놀란 건 질리언뿐만 아니라 그 옆에서 운전하고 있던 운전수도 마찬가지였다.

차는 잠깐 비틀거렸다가 제자리를 찾았다. 질리언은 바로 자세를 낮췄다.

비등록 각성자에 의한 습격을 의식해서였다. 경호를 담당하고 있던 사내가 갑자기 사라진 까닭으로썬 당장 그 경우부터 생각나는 것이었다.

특수 부대 출신의 운전수가 사태를 빠르게 확인했다.

"다른 차량 쪽도 동일합니다. 각성자들이 증발했습니다. 정확한 원인이 파악되기 전까지 안전 지역으로 모시겠습니다."

차가 급격히 회전하면서 질리언의 몸도 옆으로 기울었다.

소수의 비등록 각성자가 아직도 붙잡히지 않은 채 문제를 일으키고 돌아다닌다는 정황은 익히 들어 알고 있었다.

백미러에 비친 운전수의 눈알에 실핏줄들이 도드라져 있는 걸 보게 되었을 때, 그 역시 품 안에서 작은 약통 하나를 끄집어냈다.

그리고 망설이지 않았다. 그 안의 알약을 물 없이 삼켜 넘겼다.

왜 각성제에 스파이더웹이라는 이름이 붙었는지 그는 깨닫게 되었다.

혈관 하나하나가 생생하게 느껴진다. 거기들을 빠르게

돌아 대는 핏물의 전체적인 움직임이야말로, 거미줄을 연상케 하는 것이었다.

무엇이든 가능할 것만 같은 엄청난 활력. 브론즈 각성자들이 사는 세상에 들어간 질리언은 예상했던 것보다 더 큰 충격을 받았다.

각성자들은 각 구간의 간극을 뛰어넘지 못한다. 브론즈는 실버를 실버는 골드를.

그러니 골드 구간의 각성자들이 사는 세상은 또 어떻겠는가. 하물며 그 골드들마저도 각성자들 사이에서는 하등계급인 것이다.

그런 초인(超人)들이 사는 세상에서도 그분은 유일한 존재라고 하였는데, 그렇다면 그분의 위에 있는 존재들은 대체 어떤 것들이란 말인가.

또한 그분은 그러한 존재들로부터 이 세계를 어떻게 지켜 내고 있단 말인가.

이윽고.

"비등록 각성자의 습격이 있었던 게 아니었습니다. 남아 있던 모든 각성자들이 동시간 대에 증발되었다는 소식입니다."

질리언은 운전수에게서 핸드폰을 건네받았다. 그가 직접 확인하기에도 동일한 대답이 들려왔다.

원래는 이 나라의 막후(幕後)인 박충식이라는 한국인을
면담할 예정이었다.

"본부로 가시오. 이 나라 정부에도 우리가 들어왔다는
사실을 알리고."

그런 다음 질리언은 염마왕에게 연락을 시도했다. 비로
소 통화 연결음이 끊기며 염마왕의 무거운 음성이 바로 들
어왔다.

이를 갈 듯이 혹은 위협하듯이 뱉어진 목소리였다.

〈 최후의 장이 시작되었다. 회원들에게는 그대가 권좌의
새 수임자임을 분명히 해 두었다. 썬이 그대에게 무엇을 맡
겼는지 명심해라. 두고 보지. 〉

질리언이 더 물을 새도 없이 통화가 끊겼다. 그는 클럽의
권좌에 앉은 자신의 모습을 단 한 번도 상상해 본 적이 없
었다.

염마왕이 앉아 있는 모습을 지금에서도 실감할 수 없듯
이 거기는 단 한 분을 위한 자리였기 때문이다.

「제시카: 어디예요?」

그때 아내의 다급한 메시지가 들어왔다. 질리언은 본부로 내려가는 중이라고 답문을 보내려다가 도중에 멈췄다.

지금 이 시국에서 현명한 아내가 궁금한 것은 자신의 행방이 아닐 테니까.

아내는 긴급 클럽 회의가 개최될 장소를 묻고 있는 것이다.

「질리언: 지금의 클럽이 탄생된 곳.」

클럽의 정체가 지금까지 세간에 제대로 알려지지 않은 건 소수로 이뤄진 결사(結社) 조직이기 때문이었다.

하지만 최후의 장이 시작되었다는 사실, 그러니까 세계에 남아 있던 각성자들이 일시에 사라졌다는 사실은 달랐다.

너무 많은 이들에게 노출되어 있다.

주류 언론에 통제를 가해도 임시방편일 뿐이다.

손에 쥔 모래가 손가락 사이로 흘러나가듯이 바로 그런 틈으로.

상황이 세간에 흘러 들어가기까지는 그리 오래 걸리지 않을 것이다.

최후의 장. 최후라 명명된 그것을 기점으로 시작될 수 있는 최악들을 가정하여 사회를 최대한 유지시키는 게 자신의 책무가 되었다.

질리언은 권좌의 무게를 감당하기 어렵다고 느꼈지만, 그것이 현실이었다.

그는 백미러로 운전수와 시선을 부딪치며 말했다.

"지금부턴 더더욱이 내 안전에 각별히 신경 쓰시게."

* * *

고속 도로 한쪽이 비워지고 있었다.

한국 경찰청 마크가 찍힌 차량들이 확성기까지 틀어 대며 민간 차량들을 남은 도로로 유도하고 있었다.

질리언은 각성제를 연쇄적으로 복용할 때마다 힘이 더 증가한다면 차후의 부작용을 각오하고라도 그러고 싶었다.

차를 버리고 달려 나가고 싶은 심정이었다. 한국 정부에 강력히 주문했어도 속도가 좀처럼 나지 않았다. 헬기가 준비되었다는 연락이 들어왔을 때는 구태여 헬기로 갈아타 봐야, 그것이 주는 이점도 사라진 시점이었다.

끼이이익—!

그때 갑자기 차가 멈췄다.

질리언은 운전수를 나무라기보단 창밖부터 확인했다.

고속도로 한쪽에 정차되어 있는 차량들 대부분에서 사람들이 나와 있었다.

달리고 있는 차가 없었다. 고속도로의 한국인들은 하나같이 하늘을 올려다보고 있었다. 그리고 그러한 옆모습은 겁에 질려 있었다.

그들 한국인들 중에서 몇몇이 지르는 소리는 너무나 커서 차량의 방음 설비를 무색하게 만들었다.

백미러로 본 운전수의 얼굴도 다르지 않았다. 각성제 때문에 확장된 운전수의 동공이 보다 뚜렷하게 흔들리고 있었다. 본인의 책무를 잊으면서까지 말이다.

질리언은 창밖의 하늘을 황급히 쳐다보았다. 처음엔 태양에 이상 징조가 생긴 줄 알았다.

그러나 선팅이 짙은 창을 내리며 그것을 제대로 올려다볼 수 있게 되었을 때는, 질리언 또한 머릿속이 새하얘지고 말았다.

오한이 등줄기를 훑고 올라온다.

틀림없었다.

그것은 거시(巨視) 세계에 머무는 어느 신격의 눈알이었다.

태양이 아니라 눈알이다!

이계를 말세로 치닫게 만든 그것들 중에 하나가 도래한 것이다!

그 순간 질리언은 공포에 몸이 떨렸다. 하지만 더 큰 공포는 저 눈알에 있지 않았다. 태양처럼 어디에서도 볼 수 있게끔 자리하고 있다.

지금 이 시각, 자신이 보고 있는 걸 전 인류가 보고 있는 것이었다.

그 눈알은 무슨 까닭에선지 실력 행사 없이 지켜만 보고 있지만, 그것만으로도 핵 이상의 위협이리라. 먼 후방에서 들려온 연쇄 충돌음들이 질리언에게는 사회 질서가 무너지는 신호탄으로 들렸다.

그때 정신이 들었다. 질리언은 브라이언 김에게 빠르게 문자를 보내 놓고 운전수의 어깨를 잡았다.

"운전할 수 있겠나? 힘들다면 내가 하지. 아니지. 이대론 어림도 없겠군."

그의 말은 예언처럼 작용했다. 도로로 나와 있던 사람들이 하나둘 제 차량에 미친 듯이 들어가더니 경적을 울려 대기 시작했다.

그중에는 질리언을 위해 터진 길로 난입하는 차량도 많았다.

질리언은 네비게이션에 찍힌 좌표를 협회로 전송한 다음 운전수와 함께 차 밖으로 나왔다. 앞뒤의 경호 차량에서도 그를 보좌해야 하는 인력들이 쏟아져 나왔다. 그들은 사고를 피해 갓길 너머로 자리를 옮겼다.

그때 문득.

질리언은 신격의 눈알이 하늘에서 사라져 있다는 걸 깨달았다.

하지만 그에게만큼은 조금도 위안이 되지 않는 일이었다. 직전까지 천공에 자리했던 눈이 이제는 뇌리에 박혀 있는 느낌이다.

악신(惡神)의 실체가 온 세상에 목격되고 만 이상, 혼란은 불가피해졌다. 그걸 어디까지 최소화시킬 수 있는지가 남았을 뿐.

질리언은 클럽 회원들을 마주할 때까지 기다릴 수 없었다. 빠르면 빠를수록 좋았다.

「 질리언: 계엄령을 발동하시오. 우리의 영향이 닿는 모든 국가에. 」

그는 클럽 회원들에게 일괄적으로 메시지를 전송했다.

그런 다음 그의 아내에게 따로 메시지를 전송할 때까지도 손끝의 떨림은 멈추지 않았다.

「 질리언: 어서 와 줘. 자네가 필요해. 」

질리언은 아예 자리를 잡고 앉았다. 차량에서 빠져나올 때 가지고 나왔던 랩탑을 펼쳐 놓고 경호 인력들을 벽처럼 세웠다.

헬기가 도착하기 전까지 해야 할 일은 분명했다. 자신과 브라이언 김.

그리고 금융 제국의 휘하에 속하는 전 세계 수만의 직원들과 함께 공조를 이루는 것. 그분께서 이룩해 두신 업적들이 없었다면 감히 상상도 할 수 없는 그 작업 말이다.

「 속보: 정체불명의 초자연적인 현상이 전 세계에서 목격됨. 」
「 속보: 세계 각성자 협회 "최후의 장이 시작되었다." 」

Chapter 4.

　질리언은 그의 직원들에게 뒷일을 부탁하고는 헬기에서 내렸다.

　착륙장에는 협회의 고위직 간부, 사무국장 스티븐 요한센이 나와 있었다. 협회장 이태한을 비롯해 이사진 한 명 남겨 있지 않은 상황에서는 그가 회장 대행이었다.

　둘은 일면식도 없었지만, 오래전부터 알던 사이처럼 움직였다.

　국장이 카트에 올라타며 핸들을 잡았다.

　"가 보실 곳이 있습니다. 염마왕께서 남기신 지시입니다. 그 전에 경호원들을 물려 주십시오. 긴히 전해 드려야 할 사안들이 많습니다."

질리언이 눈길을 보내자 경호원들은 바로 거리를 벌렸다.

"남아 있는 각성자는 전무합니다. 비등록 각성자도 예외는 아닐 겁니다. 의심할 여지가 없지요. 본토에는 우리밖에 남지 않았습니다."

국장의 어투는 무척이나 공손했다. 얼굴에서는 묘한 흥분감까지 발견되었다. 두려움을 맛본 자의 모습이 아니었다.

질리언은 그가 클럽의 회원으로 초대되었다는 사실을 눈치챘다.

"언제였소?"

질리언은 그렇게만 물었다.

"떠나시던 마지막에서였습니다."

국장은 대답과 동시에 한쪽 방향으로 시선을 옮겼다.

"며칠 전에 있었던 발파 작업에 대해서 알고 계십니까?"

"속사정은 아직 듣지 못했소."

"어떤 장치 때문이었습니다. 당시 '그분' 께서 직접 들여오신 장치였고 염마왕께서도 설치 과정을 직접 참관하셨지요. 그 장치가 외계의 습격을 막고 있는 걸로 알고 있습니다."

"그분께서 직접?"

그런데 국장이 카트를 운전하는 방향은 장치가 설치되어 있다는 쪽이 아니었다.

기괴한 건물이 시야에 들어오기 시작했다. 별동의 형태만 유지하고 있을 뿐이지 사실상 인류의 손을 떠난 것이었다.

검은 유기물로 뒤덮인 건물.

질리언도 온갖 소문이 난무했던 그 건물에 대해서 알고 있는 바가 있었다.

아니, 그는 정확히 알고 있었다.

거기에 머무는 마루카 일족의 왕이 '오르까'라는 이름을 갖고 있는 것까지.

정말로 카트는 그 건물의 입구에서 멈춰 섰다. 질리언은 굳어 있는 국장을 발견했다. 클럽에 초대되었다는 것으로 인해 가득했던 그의 흥분은 어느새 증발되어 있었다.

국장이 긴장한 목소리로 말했다.

"마루카 일족에게서 진실을 들으라 하셨습니다."

이윽고 마루카 일족의 앞에 섰을 때였다.

어떤 면에선 신격의 눈알에서 느꼈던 공포보다 더했다.

신격의 눈알은 무엇을 특정하고 뜨진 게 아니었지만, 이 무시무시한 촉수 괴물의 두 눈알은 정확히 자신을 쳐다보고 있었다.

생물학적으로 약한 이족(異族)을 깔보는 시선이었다면 차라리 나았으리라.

질리언은 발가벗겨진 채로 도살대에 놓인 심정이었다.

"염마왕께서 보내셨소."

그 순간 괴물의 턱에 달린 촉수들이 위협적인 움직임을 보였다.

쉐아아악!

그것들 중 네 개가 정확히 질리언과 국장의 망막 앞에서 멈췄다.

"o—din eui un uh ro mal hae ra. IN GANrrrrrr—"

질리언은 각성제 약발이 아직 남아 있는 상태였는데도 그가 인지할 수 있는 건 아무것도 없었다. 촉수가 찰나에 눈앞으로 나타나 목숨을 위협하고 있었다.

눈이 꿰뚫릴 뿐만이 아닐 것이다. 잘게 썰린 고기 신세가 될 수 있었다.

질리언은 각성자들이 몬스터들과의 전투를 회고할 때, 매 순간을 지옥으로 묘사하던 까닭을 절실히 깨달았다.

질리언이 정신을 차리며 말했다.

"어서 통역하시오, 국장. 국장?"

무릎까지 차올라 있는 끈적끈적한 촉감은 고사하고라도.

구태여 괴물이 나서지 않더라도 똑같은 수준으로 자신을 도륙할 수 있는 괴물의 부하들이 주변에 드글드글했다.

국장의 목소리는 한참 뒤에서나 조심스럽게 흘러나왔다.

그제야 둘을 위협하고 있던 촉수가 치워지며 시야를 되찾았다.

괴물의 입에서도 한국어로 추정되는 말들이 한 음절씩 뱉어졌다.

분명 지구상의 한 언어에 불과하지만, 괴물의 입에서 뱉어졌을 때는 영혼마저 속박해 버릴 저주와 다를 게 없는 것이었다.

"정신 똑바로 잡으시오."

"자신은 일족의 숭배를 받게 될 예비? 신? 이다, 라고 합니다. 하찮은 너희들을…… 상대해 주는 이유는 오딘 때문이다…… 유일해질 수 있는 신격의……."

"직전에 떴던 눈알에 대해 물어 주시오. 둠 카오스와 올드 원 중 누구의 것인지."

"올드 원은…… 피할 수 없다. 파국을…… 그것은 둠 카오스의 것이다. 하지만 들어오질 못했다…… 본토의 결계는…… 우에에엑—!"

결국 국장은 구역질을 하고 말았다.

*   *   *

〈 그렇게 끔찍했어요? 〉

〈 끔찍하다는 것만으로는 형언할 수 없었네. 아직도 진정이 되질 않아. 우리와는 다른 차원에서 사는 악마였어. 〉

〈 더 들려줘요. 당신이 느낀 공포에 대해서요. 악신의 눈을 봤을 때와 비교해서 어땠어요? 〉

〈 설마. 〉

〈 마침 잘됐네요. 아무래도 직접 체험해 봐야겠어요. 〉

〈 안 돼. 위험해. 자네는 홀몸이 아니야. 생각도 말아! 〉

〈 그분의 질서가 유지되지 않는다면 우리 아이의 미래는 불행뿐이에요. 그리고 걱정하지 말아요. 오르까는 우리를 해치지 못하잖아요. 〉

〈 그러지 않을 거라고 장담할 수 없어. 자네는 내가 느낀 걸 상상할 수는 있어도 진정 실감할 수는 없네. 몰라서 하는 소리야. 〉

〈 생각해 봐요. 당신은 일찍이 그분과 전장을 공유한 남자예요. 우리의 무기는 화폐였다는 게 각성자들과 다를 뿐이죠. 당신은 당신이 생각하는 것 이상으로 대단하고 용감

한 남자예요. 〉

〈 아니야, 난……. 〉

〈 그분과 염마왕의 안목이 틀렸다는 건가요? 그런 당신이 공포에 질려 있어요. 악신의 눈을 보고 난 후였는데도, 오르까 쪽이 보다 현실로 다가온 거죠. 〉

〈 나는 그것을 바로 앞에서 마주하고 있었으니까. 〉

〈 그러니 우리도 끊임없이 노출시켜야죠. 가뜩이나 지금 대중들은요. 그 어느 때보다 미디어에서 눈을 떼질 못해요. 〉

〈 ……. 〉

〈 떠올려 봐요. 너무나 공포스러워서 혐오를 가질 수도 없는 악마적인 존재가 우리 중의 한 언어로 우리들의 안전에 대해 역설하는 광경을요.

하지만 그러한 공포스러운 존재도 더 큰 공포로 복종하는 대상이 있으니 바로 그분이시죠.

영상, 지면, 광고판 할 것 없이 전 세계의 모든 매체에서 최종의 날이 끝나는 그 날까지…… 오르까는 우릴 위해서 선전할 거예요. 〉

〈 ……. 〉

〈 하늘에서 악신의 눈이 떠졌다가 사라졌다면, 전 세계 수억의 미디어에선 오르까의 눈이 계속 떠 있을 거예요. 우

리의 기술로 더욱 공포스럽게 만들어 낼 수도 있어요. 제가
설득해 볼게요. 통역은 필요 없어요. 허가만 해 줘요. 이젠
당신이 권좌의 수임자예요.〉

아내의 제안은 솔깃했다. 문제는 다른 사람도 아닌 자신
의 아내가 직접 마루카 일족의 그 악마와 담판을 짓겠다는
데 있었다.

하지만 그때도 질리언은 부정할 수 없었다.

그런 존재와 담판을 짓기 위해선 소통이 원활해야 할 것
이며 영리한 동시에 무엇보다도 굽히지 않을 신념을 가진
사람이어야만 한다.

제이미? 그 여자는 아내처럼 영리하지도 신념이 강하지
도 않다.

그러니 아내 말고는 적임자가 딱히 생각나지 않지만……
아내와 아이의 안전을 생각하면 당장 결정을 내리는 건 위
험했다.

회원들 중에 연락이 닿지 않는 소수가 있었다. 참석 불
복. 그들 나름대로 고통스러운 계산 끝에 내린 결론이겠지
만 분명한 건 그분과 염마왕의 공백은 어쩔 수 없다는 것이
었다.

그러니 왜 아니겠는가.

마루카 일족 또한 그들 얄팍한 몇몇처럼 등을 돌려 버리지 않을 거라고 장담할 수 없다.

　그 순간이 아내의 앞에서 찾아온다면?

〈 만나서 얘기하지. 〉

＊　　　　＊　　　　＊

　질리언은 아내와 통화를 끊으며 고개를 돌렸다. 핼쑥해진 국장이 그 자리에 있었다.

　난국을 계기로 클럽 회원이 된 국장. 오르까에게서 이계에서 시작된 진실을 듣게 된 건 국장 또한 마찬가지였다.

　그분이 악신 둠 카오스와 유일(唯一) 신성을 두고 벌이는 싸움이 시작되고 있었다.

　질리언이 말했다.

　"각오하고 있었겠지만 이젠 자네를 주시할 수밖에 없게되었어. 믿음을 저버리지 않았으면 하는군."

　그걸로는 부족했다.

　"클럽에는 청소 조직이 있네. 어디에나 우리의 눈과 귀가 있지."

　"무슨 말씀인지 알겠습니다."

국장은 넋이 나간 얼굴로 대답했다.

"마지막으로 어딘가?"

둘은 함께 카트에 올라탔다.

전과 동일하게 국장이 운전석에 앉았다. 길을 한참 돌아 도달한 거기는 얼핏 보면 본부의 흔한 사용처에 지나지 않았다.

걸쇠를 풀고 몇 가지 보안 장치가 해제되며 작은 통로가 드러났다. 국장은 통로만 개방시켜 놓고 뒤로 물러났다.

질리언은 몸을 구겨서 진입했다. 이후 통로는 몸을 펼칠 수 있을 만큼 확장되었다.

통로 끝에는 황금의 방이 있었다.

도금된 게 아니라 실내 사방에 쌓여 있는 모든 벽돌은 황금으로 만들어진 것이었다. 다만 이보다 더 큰 부를 누려 본 질리언으로선 놀라운 일이 아니었다.

그의 놀라움은 제단 위에 올려져 있는 랩탑에서 시작됐다.

언제 어떻게 채취된 것인지는 알 수 없었다.

랩탑의 암호 체계를 푸는 건 자신의 지문이었고, 랩탑 안에는 염마왕이 남긴 게 분명한 문서 파일 두 개만 들어 있었다.

첫 번째 파일.

「 내가 돌아오지 못하거나 예기치 못한 일로 대중들을 통제할 수 없게 될 경우, 너는 인류의 전 군인을 총 무장시켜 이계로 진입하라. 」

염마왕의 명령이 서두에 박혀 있었다.

단지 명령뿐만이 아니었다. 이제는 누구도 그 행방을 쫓을 수 없게 된 조나단 투자 금융 그룹의 진짜 자본들이 첨부되어 있다.

추정컨대 브라이언 김이라도 접근할 수 없는 경로들이 많았다.

하지만 진정 질리언을 오싹하게 만든 건 전 인류를 무장시키고도 남을 각성제들이 보관된 비밀 장소에 있었다.

그리고 말미.

「 만일 우리의 패배가 확정될 경우, 네가 우리의 복수를 해야 하는 것이다.

한낱 몸부림에 지나지 않더라도 시도조차 아니 한다는 것은 있을 수 없다. 썬이 너와 네 아내, 그리고 전 인류에게 무엇을 베풀었는지를 상기하라.

그리고 명심해라.

우리들의 원혼이 너를 지켜볼 것이다. 」

대중들은 아무것도 모르고 있다.

이계에서 시작된 최후의 결과에 따라 자신들의 운명이 어떻게 치달아 버리는지를.

질리언은 떠올리는 것만으로도 두렵고 고통스러웠다. 아무리 부정하려 한다 한들, 결국엔 남겨진 지시를 이행하고 있을 자신이 그려졌기 때문이었다.

다음 파일을 여는 것이 순간 망설여진 것도 그 때문이었다.

저 판도라의 상자에서 또 어떤 두려움이 솟아 나올지 예상되는 게 없었다.

상자를 여는 손가락 끝에 힘이 실렸다.

클릭.

「 1. 이영

2. 김우철

3. 조태섭 」

당장 세 사람의 이름과 연락처가 눈에 들어왔다. 그리고 말미.

「 회원들이 권좌의 명령에 불복할 경우. 실질적인 집행이 필요할 것이다.

그 셋은 구원자의 도시민들 중에서 특별히 뽑힌 이들로 썬의 부모님을 인근에서 지키고 있다. 그들의 신념과 강함에 대해서는 따로 언급할 필요가 없으니 믿고 써도 좋다.

본토의 어떤 무엇으로도 그들을 막을 수 없을 것이다. 」

질리언은 염마왕의 전언들에서 눈을 뗄 수 없었다.

바라보고 또 바라보면서 드는 생각은 하나뿐이었다. 그분께서 승리를 취하시길 염원하되 자신 또한 염마왕 같은 단결한 각오로 최후의 사명을 지켜내야 한다.

질리언은 밖으로 나오자마자 아내에게 전화를 걸었다.

〈 오르까…… 그 악마를 설득해 주게. 내가 동참하겠네. 〉

*　　　*　　　*

본토에 둠 카오스의 눈알이 출몰했던 일의 여파가 진행되고 있는 시각.

각성자들은 최후의 장. 1막 준비의 장에서 각 그룹의 리더들을 중심으로 전의를 다지는 시간을 갖고 있었다. 성일의 그룹도 예외는 아니었다.

"뭔지는 몰라도 정신 똑바로들 챙겨야 할 거여. 마지막까지 와서 뒤지면 원통해서 눈이나 감을 수 있겠어?"

성일은 착석한 그룹원들을 한눈에 담으며 말했다. 자신을 포함해 정확히 250명, 10개 공격대 규모.

"이번 싸움을 끝으로 성 드라고린은 증말로 너희들의 차지여. 누구도 너희들에게 통제를 가하지 않을 거란 말여. 세계 각성자 협회가 너희들을 놓아줄 공산이 높단 말이지.

너희들이 성 드라고린에서 약을 팔든 똥을 싸지르든 아무 상관 안 할 것이고, 그야말로 성 드라고린들은 너희들 하기에 달린 것이여. 왕이 되고 싶은 쉐끼들은 왕이 될 수 있고 하렘을 꿈꾸는 변태 쉐끼들도 상상 이상을 이룰 수 있단 말여."

성일은 계속 말했다.

"예상컨디 분명히 그렇게 될 것이여. 그리고 너희들 중에 본토에 미련이 남은 것이 얼마나 될련지 모르겠다만 설령 있다믄 단단히 새겨들으.

평판 수치가 괜히 있는 게 아녀. 공헌도를 평가하는 것인디, 이게 앞으로 중요하게 쓰일 거여. 이렇게 쓰일 수도 있겠지. 본토에 출입할 수 있는 자격이 되는지 지표로 말여.

이쯤 하믄 무슨 말을 하는지 다들 알 거여. 증말로 이후에 협회에서 너희들에게 가할 통제가 있다믄 그것밖에 남지 않을 테지."

성일은 연설 중에도 계산하고 있었다. 모든 그룹들이 동일한 수로 편성되지는 않았겠지만 그래도 평균점을 내 본다면⋯⋯.

각성자들은 대략 500여 개의 그룹으로 편성된 것 같았다.

'엘슬란드 공략은 아닌 것 같은디.'

그러면서 성일은 인도관 루루아를 쳐다보았다. 루루아가 고개를 저었다.

그는 연설을 마무리 짓고 나서 공대장들과 따로 면담을 가졌다. 그들에게 혹 모를 케케묵은 감정이 남아 있다면 주어진 시간 안에 최대한 정리할 마음이었고, 실제로 효과가 있다고 느꼈다.

그러던 문득.

[부하들을 아끼는 모습 보기 좋아요. 칼리버 님. 하
지만 그쯤 해 두시고 이제 주목해 주실래요? 여러분들
이 고대하고 고대하던 소식이 도착했답니다.]

인도관 루루아가 강단 중앙으로 날아올랐다.

성일은 인도관의 얼굴에서 순간 스쳐 간 작은 변화를 눈치챘다.

루세아 일족은 상황이 나쁘면 나쁠수록 밝게 꾸미는 데 능숙했지만, 성일의 시야에서만큼은 찰나에 구겨지고 말았던 그것의 표정이 읽힌 것이다.

[기뻐하세요. 1막 준비의 장과 2막 결전의 장. 최후의 장은 그렇게 단 두 개의 막으로만 구성되어 있어요. 이제 좀 안심되시나요?]

[시작의 장처럼 그리 길지 않을 거랍니다.]

"뜬구름 잡지 말고 본론으로 들어가자고잉."

[저 루―루아도 마음의 준비를 가질 시간을 좀 주세요. 여러분들과 떼려야 뗄 수 없는 운명의 공동체! 가 되고 만 저 루―루아랍니다.]

[각성자 여러분들께선- 시작의 장, 2막 1장을 기억하시나요? '8개의 도시', '나이트 습격', '빛기둥', '7층 결계의 8구역' '빌드 점수' 이렇게까지 다 알려 드렸는데 기억 못 하시는 분은 바보천치일 거예요- (*ʊ‿ʊ)]

그때 성일의 얼굴에서 씁쓸한 미소가 나타났다가 사라졌다.

과연 위험한 임무가 예정되어 있었던 것이다.

성일에게도 시작의 장, 2막 1장은 기억이 생생한 전장 중 하나였다.

그분마저도 신경쇠약을 보여 주었던 무대가 바로 거기였지 않은가. 성일은 그분의 왼쪽 눈 밑 근육이 항상 움찔거려 댔던 당시의 광경이 지금까지도 눈에 선했다.

"우리뿐이냐?"

각성자들 중 한 명이 큰 소리를 냈다.

[설마 불평하시는 건 아니죠? 다른 그룹들은 그렇다 쳐도 여러분들은 그러실 자격이 없어요. 여러분들께는 칼리버 님이 계시잖아요.]

[어쨌든 당시에 가장 큰 애로사항은 빛기둥의 위험도가 증가할 때마다 혹은 도시가 파괴될 때마다 여러분들에게 미치는 저주가 강력해진다는 점이었죠.]

[위험 1단계: 공격력 저하.

위험 2단계: 아이템 무력화

위험 3단계: 특성 스킬 무력화

위험 4단계: 모든 능력치의 무력화]

[이를 극복하지 못해서 많은 무대들이 낙오됐으며 빛기둥 중에서도 강력하기로 손꼽히는 것들은 당시의 퀘스트 '싸워라, 싸워라. 한 명만 남을 때까지'로 인해 지금까지도 흠 하나 가진 것 없이 남아 있는 실정입니다.]

[맞아요. 최후의 장, 2막 결전의 장은 당시의 복습이에요. 여러분들은 빛기둥을 제거해야만 합니다. 이 보세요들! 벌써부터 겁먹어서 어쩌겠다는 거지요? 저루ー루아가 화내는 걸 보고 싶어요?! ٩(ˆôˆ)۶]

"이건…… 성공하기 어렵습니다."

성일이 부길드장으로 삼은 각성자가 중얼거리듯 전했다.

성일은 진정하라는 의미로 그의 어깨를 툭툭 쳐 주었다. 그러고 나자 무심결에 그분의 행동을 따라 하고 있다는 걸 깨달았다.

정말로 200명 남짓의 인원만으로는 당시의 그분 같은 마음가짐을 가지지 않고서는 버티기도 어려운 게 사실이었다.

당시에 비해 각성자들의 수준이 높아졌다 한들, 그때에는 7만 명의 인원이 함께 시작했었다.

'하지만 불가능한 일이라믄 시키지도 않았을 거여.'

성일은 인도관 루루아와 시선을 교환하며 고개를 끄덕여
보였다.

[결전의 장은 두 경우로 진행될 거예요. 첫째, 빛기둥
을 제거하는 데 성공한 경우. 성공한 길드는 다른 길드
의 무대로 이동될 거예요. 이 경우 보상 박스와 함께 회
차에 따라서 평판 수치에도 가산점이 붙어요. 옮겨진 무
대에서도 또 성공하면 다른 무대로 이동되는 식이죠.]

[칼리버 님은 벌써 눈치채신 것 같으시네요? 맞아
요. 성공하면 성공할수록 길드 규모는 점점 커질 거예
요. 하지만 길드 규모를 키우는 게 능사는 아닐 거예
요. 그만큼 적대 진영의 견제 역시 증강할 테니까요.
이걸 어떻게 조율할지는 칼리버 님의 몫!]

[두 번째 경우는 다른 길드들의 이야기가 될 것 같
네요. 냉정히 판단할 때 빛기둥에 도달하지 못할 것 같
다면 버티기에 들어가야겠죠. 도시를 지키며 위험도를
관리하며, 칼리버 님 같은 첼린저 각성자가 속한 길드
가 구제해 주러 들어오길 기다리는 거죠.]

그때 한 각성자가 참다못해 뱉었다.

"이 인원만으로 어떻게 성공하란 말이냐?"

[참네. 성미도 급하셔라. 좋은 소식은 아직 시작도 안 했걸랑요?]

＊　　＊　　＊

[좋은 소식 1 : 7층의 8구역으로 나누어져 있던 빛기둥 결계는 시스템의 힘으로 파괴된다.]

[예전에는 8개 구역의 결계를 파괴해야 다음 층으로 올라갈 수 있는 길이 열렸었죠. 그런 작업을 계속 반복한 끝에 빛기둥을 지키고 있는 몬스터 보스를 마주할 수 있었더랬죠. 하지만 이번엔 아녜요. 결계는 시작부터 치워질 예정이니까요. 여러분들은 다 뚫려 있는 길을 타고 올라가 보스 몹을 잡기만 하면 돼요.]

[지금의 시스템은 그렇게나 각성자 여러분들의 편이에요. 악랄하고 쪼잔했던 예전의 시스템은 생각도 말아요. 여러분들은 축복받으신 거죠.]

"몬스터와 함정들은? 그리고 나이트 습격은?"

[헤휴. 한심 그 자체. (˘д˘) 그렇다고 날로 먹으려
들면 안 되는 것이구요. 마지막 경고예요. 저 루ㅡ루
아의 말을 끊지 마세요.]

각성자들은 성일을 쳐다보았다.
"그려, 그려. 걱정하는 마음은 알겠는디 잠자코들 있어
봐. 질의응답 시간은 있겠지?"

[칼리버 님께서 바라신다면야 못할 것도 없지요. 근
디 저 루ㅡ루아가 하는 말을 경청하믄 질문은 없을 거
구만요. 알긋지라?]

"계속혀 봐. 루ㅡ루아."

[좋은 소식 2 : 충분한 빌드 점수를 갖고 시작한다.]

[이 점도 전과 달라요. 예전의 쪼잔했던 시스템에게
는 조금도 기대할 수 없었을 일이죠. 다시 강조하지만,
지금의 시스템은 각성자 여러분들의 편이랍니다. 그러

니 빌드 점수를 무턱대고 낭비하지 말고 어떻게 사용하는 것이 효과적인지 궁리하세요.]

[여러분들이 시작의 장에서 골머리를 썩였던 이유 중 하나는 빌드 점수를 나이트 습격에 대비하는 데 쓰기보다는, 다른 진영의 도시들을 의식해서 썼던 게 컸죠.]

[이미 한번 겪어 봤잖아요. 그리고 이제 여러분들은 공동체예요. 그러니 빌드 점수를 어떻게 쓰는 게 효과적으로 도시를 보호할 수 있는지를 잘 궁리하란 말이에요. 준비의 장은 그러기 위해서 구성된 무대란 걸 잊지 마세요!]

[1막, 준비의 장은 도시 방어와 빛기둥 공략 계획을 세우는 데 있는 것이지 불평불만을 가지라고 준비된 게 아니랍니다. 명심 또 명심하세요.]

인도관 루루아는 열변을 토했다. 실패한 무대에 속하고 만다는 것은 본인의 파멸이기도 했기 때문이다.

그건 인도관으로 각출된 모든 루세아 일족들이 같은 처지였다. 인도관 루루아는 성일의 어깨에 앉듯이 위치했다.

그러고는 성일의 위세에 힘입어 마저 말했다.

[좋은 소식 3: 재무장 기회, 거래 및 상점 시스템 개방]

[개인 거래와 상점 시스템이 준비되었어요. 지금껏 수집 퀘스트에 열심히 임한 분들께는 더욱 기회가 되겠죠, 준비된 코인으로 최적화된 무장을 찾으세요. 또한 지금의 무장을 다른 각성자 분들과 1:1로 교환하셔도 좋고, 남는 무장을 팔고 또 팔아 얻은 코인으로 상위 무장을 도모해도 좋답니다.]

[거래가 종료되는 시간은 결전의 장이 시작되기 전까지겠죠? 서두르시는 게 좋을 거예요. 많은 호응이 있길 바랍니다. 아무쪼록 각성자 여러분들의 생존과 직결된 문제니 두말할 것 없겠죠.]

[칼리버 님께서도 한 거래 하시죠? (๑⊙ᴗ⊙๑)]

"아직 안 떴는디."

[마지막 무대의 브리핑이 끝나면 바로 뜰 거예요. 꺄르르르. 그리고 칼리버 님의 계정에 코인이 엄청 엄청 많이 들어 있다는 정보입니다. 존엄한 *** 께서 칼리

버 님에게 거는 기대가 무척 크신 것 같아요.]

　인도관 루루아가 성일의 볼에 제 얼굴을 비비적거리는 시늉을 했다.

　[그리고 남는 코인 있으시면 저도 어떻게 하나……
안 될까요? 헤헤헤.]

　성일은 농담을 들어 줄 기분이 조금도 아니었다.
　그의 머릿속에선 과거의 기억들이 맹렬히 회전하고 있었다.
　그는 과거 그분의 모습을 떠올리며 주먹을 쥐었다.
　'이번에는 저 성일이가 당신처럼 되어 볼랍니다. 지켜봐
주쇼!'
　시퍼렇게 솟아오른 혈관들이 하나하나 살아 있는 것처럼
꿈틀거렸다.

*　　*　　*

　[시스템(거래)가 개방 되었습니다.]
　[시스템(상점)이 개방 되었습니다.]

각성자들 사이에 희비가 교차했다. 전리품 수집 퀘스트를 충실히 완료해 왔던 자들과 그렇지 않았던 자들 사이에 격차가 커졌기 때문이다.

평판 수치는 각성자들의 지위를 결정하는 것 외에도 새로운 사용처를 보여 줬는데, 바로 각성자들의 각 계정으로 지급된 코인을 통해 확인할 수 있었다. 전리품을 보유하고 있는 경우보다 평판 수치로 되돌려 받은 코인의 가치가 훨씬 높았다.

성일은 상점 창을 열자마자 얼굴이 뜨겁게 달아오르는 걸 느꼈다.

[소유 코인: 1,000,000 C]

성 카시안의 기록물을 비롯해 잡다한 수집 퀘스트를 충실히 이행하며 누구보다도 많은 평판 수치를 누적시켜 왔다 자부하는 자신이었지만.

그래도 백만 코인은 그분께서 내려 주신 특혜가 분명했다.

'감사해요, 오딘.'

상점 시스템에서 판매하는 물품은 거의 대부분이라 할 수 있는 모든 것이었다.

아이템, 스킬, 특성, 인장. 그 외에 지금껏 한 번도 보지 못했던 레벨 증강의 비약이라는 물품까지도 그의 두 눈을 사로잡았다.

과연 그분께선 각성자들을 아무런 대책 없이 사지로 몰아넣고 있는 게 아니었다.

빛기둥 결계가 사라지고 빌드 점수 또한 가지고 시작한다지만, 그럼에도 불구하고 많은 그룹들의 파멸이 예정된 전장.

하지만 그분의 안배를 백분 활용한다면 각성자들 스스로 파국의 미래를 비틀어 버릴 수도 있는 것이다. 게다가 거래 시스템에는 거래 자체의 기능보다도 더 중요한 기능이 깃들어 있었다.

성일은 절로 나오는 뜨거운 숨과는 달리 조심스럽게 육감을 일으켰다. 그때까지만 해도 그 기능이 실현된다는 게 믿기지 않았기 때문이었다.

[칼리버: 이거 제대로 가는 거 맞수? 도착하믄 답장
부탁허요.]

[마리 누님에게 메시지를 전송 했습니다.]
[마리 누님이 메시지를 확인 하였습니다.]

[마리 누님에게서 메시지가 도착 했습니다.]

[마리 누님: 몸은 괜찮아?]

그 순간 성일은 두 가지 느낌을 동시에 받았다. 하나는 이런 것이 가능했으면서도 실현시키지 않았던 올드 원에 대한 분노.

그리고 다른 하나는 그분이 이룩한 신성에 대한 감격이었다.

만일 시작의 장에서 이러한 교신이 가능했다면 그 많았던 반목과 암투들을 제압하는 방법으로 다양한 가능성이 열렸었을 것이다.

구태여 지훈 동상의 그룹을 사냥개로 몰아세우지 않고서도 말이다.

[칼리버: 누님 덕분이요. 그보다 오딘께서는 무탈하신 거요?]

[마리 누님: 우리가 실패하면 아니게 되겠지. 선후에게나 우리에게나 사활이 걸렸어.]

[칼리버: 그걸 왜 모르겠수. 내 따로 알아 둬야 할 게 있다믄 지금 말해 주슈.]

[마리 누님: 둠 카소가 남아 있어. 하지만 염두에만 두고 있어. 그 자식은 네 몫이 아니까.]

[칼리버: 무엇이든 좋수. 정말이오. 이 난장판을 끝낼 수만 있다믄 똥지기라도 상관 없수다. 시키는 대로 충실하겠단 말이오.]

[마리 누님: 천만에. 빛기둥은 둠 카오스의 힘의 근원이야.]

그제야 성일은 납득이 갔다. 그분께서 많은 힘을 소비하시면서까지 지금을 준비한 까닭이.

[마리 누님: 최후의 승패는 네가 하기에 달렸어. 네가 얼마나 많은 빛기둥을 파괴하는지에 따라 모든 게 결정 날 거야. 짐이 버겁니?]

[칼리버: 그리도 믿어 주신다면 보답해 드리는 게 인지상정 아니오. 걱정 마쇼, 누님. 나 쫄보 아니께. 뒤는 생각하지 않을랍니다.]

[마리 누님: 난 다른 것들에겐 조금도 기대 없어.]

[칼리버: 마찬가지요. 근디 하나만 물읍시다.]

[마리 누님: 그래.]

[칼리버: 우리가 실패하믄 본토는 어떻게 되는 거

요? 증말로 종말이오?]

　[마리 누님: 넌 진실을 들을 자격이 있어. 왜 아니겠
니. 네 말대로 본토는 둠 카오스에 의해서든, 염마왕에
의해서든 그렇게 될 거야.]

　[칼리버: 염마왕에 의해서라니 그건 또 뭔 말이오?]

　[마리 누님: 직전까지 본토를 주관하고 있었던 자는
염마왕이야. 우리들의 목적이 크게는 같아도 작게 보면
또 아니지. 내가 선후를 사랑하는 방식과 네가 선후를
신뢰하는 방식이 다르듯이 염마왕도 마찬가지야.]

　성일은 염마왕과 교류가 깊지는 않았지만, 예상 못 할 건
아니었다.

　영리한 그들, 노련한 지배자들이 시작의 장을 관통하면서
보여 준 모습 중에는 동일한 부분이 있었다. 그들이 어떤 피
해를 입었을 경우 절대적으로 보복을 감행한 점이 그랬다.

　설령 그 보복의 결과로 인해 본인의 피해가 더 커질지언
정 첫 시작은 언제나 보복이었다.

　그런 후에야 당사자 간 힘의 척도에 따라 그리고 상대의
반응에 따라 협력과 보복을 저울질하는 모습을 보였다.

　염마왕같이 노련할 뿐만 아니라 압도적인 힘을 갖춘 지
배자들의 대응 방식은 한결같은 보복.

시작의 장을 호령했던 지배자들은 원래부터 그런 게임에 능한 자들이었고 보복은 그들이 가지고 들어온 특성 중 하나였다.

즉, 삶의 철칙.

그리고 염마왕이야말로 그걸 진리로 여길 만한 인사였다.

작금의 작전이 실패할 경우를 가정해 클럽에 남겨 둔 지시가 있을 것이다.

성일은 각성제로 무장된 전 인류의 모습이 선히 그려졌다. 섶을 지고 불길로 뛰어드는 그러한 인류의 모습이⋯⋯.

상상만으로도 끔찍한 광경이었다.

[칼리버: 오딘께서 승인하신 거요?]

[마리 누님: 선후는 염마왕을 믿어. 그만큼이나 자신에 대해서도. 그리고 우리에 대해서도.]

＊　　　＊　　　＊

[칼리버: 뭔 말인지 알겠수다. 부담됐을 텐디 고대로 들려줘서 고마워요. 거시기 본토에 단골 곱창집이

있수. 쐬주 한잔하믄서 오늘을 웃으면서 얘기할 수 있을 거요. 그땐 내가 대접하겠으요.]

[마리 누님: 칼리버! 무적 칼리버! 권성일 파이팅!]

성일이 연희에게 가지는 고마운 마음은 진짜였다. 다른 각성자들에게는 냉혹스러운 눈길만 흘리는 누님이었어도 자신을 향해서만큼은 한결같았다.

마지막 메시지에서는 정말로 그랬다. 자신의 부담을 덜어 주려는 누님의 배려에서 또다시 느껴지는 바가 컸다.

'누님도 파이팅인 거요.'

성일은 뒤로 고개를 돌렸다. 거기는 성일의 지시대로 각 공격대별로 따로 운집하여 향후 대책을 논의하는 중이었다.

빛기둥은 성일이 전담하기로 한 이상 그들의 초점은 나이트 습격에만 집중되어 있었다. 그래서 그들의 입에서 거론되는 무장들은 대개가 방어에 특화된 것들이었다.

성일은 마음 같아선 자신의 코인을 사용하여 그들을 보다 보완해 주고 싶었으나 자신도 코가 석 자이긴 마찬가지였다.

과거의 그분과 비교하여 자신의 레벨이 높은 건 맞았다.

하지만 단지 레벨로만 비추어 생각하기엔, 그분의 스킬들과 특성들은 하나같이 가공(可恐)했는데.

그중에서도 그분이 단독으로 빛기둥을 파괴할 수 있었던 가장 큰 요인으로는 그분의 단결된 의지 외에도 그 특성이 보태졌기 때문이었다.

전투 시간에 비례하여 전투 효과가 강화되는 특성! 그래서 그분께선 그 특성을 유지하기 위해서라도 잠을 주무시지 않으셨다.

그렇지만 지금 자신에겐 그러한 특성이 없었다.

그분 같은 의지를 계속 지켜 나갈 수 있을지는 고사하고 당장 시급한 문제는 그러한 간극을 최대한 보완하는 데 있었다.

'전투가 지속될수록 능력이 증강되는 무장.'

더욱이나 이번에는 빛기둥 하나만 파괴한다고 끝나지 않는다.

전투는 끊임이 없을 터였고 그래야만 했다. 전까지만 해도 성일에게 있어 가장 눈에 띄었던 것은 레벨 강화의 비약과 맨손에서 더욱 위력을 발하는 자신의 주력을 보조할 무장이었다.

[주먹 파괴자의 손목 보호대]

누가 보더라도 그건 성일을 위한 것이었다. 하지만 그가 최우선으로 찾고 있는 무장은 전투를 지속할 수 있는 공능이 깃든 물건이다.

그걸 찾기 전까진 코인을 함부로 낭비할 수 없는 것이다.

성일은 거래 창으로 관심을 돌렸다. 이미 많은 매물들이 올라와 있었고 요청 게시글도 그에 못지않게 쇄도하는 중이다.

낯익은 이름들이 눈에 밟혔다. 그중 단연코 눈에 띄는 것은 헤라였다.

첼린저 구간의 각성자들이 띄워 올린 메시지는 가장 상단에 고정되어 굵은 글씨로 강조되어 있기 때문이었다.

[* 알림판]

[제목: 전투 지속 효과를 가진 무장을 구한다.

작성자: 헤라

내용: 본인이 판단할 때, 본인 소유의 아이템이 전투를 지속할 때마다 능력을 증강시켜 주는 효과를 가지고 있다면 개의치 말고 연락해라.

그것이 F급이든 S급이든 나 헤라는 너희들의 제안을 겸허히 받아들일 준비가 되어 있다. 그리고 그 거래가 내게 큰 도움이 된다면 전쟁이 끝난 후에도 공로를 잊지 않겠다.

진정 너희들이 준비해야 할 것은 최후 다음에 열릴
'시작'이다.

　나 헤라와 최후의 시작을 함께하자. 친애하는 각성
자들이여.]

'요 쓰벌 것이?'

헤라라고 그분의 일대기를 모를 수가 없을 터.

설령 그분의 과거를 모르더라도 그녀 또한 노련한 지배
자 중에 한 일원으로 본인에게 무엇이 가장 필요한지 만큼
은 알고 있을 일이다.

성일은 순간 욱했다가 수긍하고 말았다. 자신뿐만 아니라
첼린저 구간의 각성자들은 한 명 한 명이 중요한 지금이다.

얌체 같은 고것들이 진심일수록 반겨야 하는 일인 것이
지, 경쟁심에 이를 갈 일이 아니란 말이다.

다만 고것들에게서 과거 그분과 같은 의지를 기대하기는
힘든 게 사실이었다. 때문에 성일은 더 강력한 목소리를 낼
생각으로 육감을 일으켰다.

한 글자씩 또박또박. 요청 글이 완성되고 있던 그때였다.

[전략 보급 상자가 도착했습니다.]

‘전략 보급 상자?’

휘하 각성자들에게선 별다른 반응이 없는 걸 보면 자신에게만 뜬 메시지였다.

성일은 그 상자가 어디에서 온 것이고 정체가 무엇인지 알고 있었다. 상자가 열리면서 휘황찬란한 빛이 목격되었을 때야말로 성일은 진심으로 걱정이 들었다. 황금 흉갑을 받게 되었을 때와 동일한 색채, 대등한 힘의 빛이다.

그렇지 않아도 최후의 장을 준비하시며 많은 힘을 사용하셨을 텐데.

‘이렇게 퍼 줘도 되는 거요? 이러다 거덜나겠소. 이 성일이가 뭐라고…….’

상자에서 튀어나온 빛은 성일의 전신을 향해 쏟아졌다.

거기에 깃든 건 특성이었다.

[전략 보급 상자가 개봉 되었습니다.]

그것도 숙련 레벨이 꽉 채워진 특성! 비로소 성일은 과거의 그분께서 발동하였던 특성의 이름이 무엇인지를 알 수 있었다.

[열정자 (특성)

효과: 전투 시간에 비례하여 9단계의 전투 효과를 강화 합니다.

1단계. 전투 시작부터 한 시간 까지

— 부상 재생 속도가 대폭 상승 합니다.

2단계. 1단계 종료 시점부터 한 시간 까지

— 특성과 아이템 등의 발동 확률이 대폭 상승 합니다.

3단계. 2단계 종료 시점부터 한 시간 까지

— 물리 저항력과 마법 저항력이 대폭 상승 합니다.

4단계. 3단계 종료 시점부터 한 시간 까지

— 높은 확률로 스킬 재사용 시간이 대폭 감소 합니다.

5단계. 4단계 종료 시점부터 한 시간 까지

— 모든 아이템의 방어력 충전 속도가 대폭 상승 합니다.

6단계. 5단계 종료 시점부터 한 시간 까지

— 모든 부정 효과의 저항력이 중폭 상승 합니다.

7단계. 6단계 종료 시점부터 한 시간 까지

— 6단계까지의 모든 효과가 강화 됩니다.

8단계. 7단계 종료 시점부터 한 시간 까지

— 권능 저항력이 소폭 상승 합니다.

9단계. 8단계 종료 시점부터 한 시간 까지

— 육체와 정신 그리고 영혼을 보호하는 강력한 방어 체계가 완성 됩니다.

* 전투가 지속되는 한 9단계 효과는 계속 유지됩니다.

숙련도: LV.8

재사용 시간: 1일]

[전략 보급 상자에서 특성 '열정자'를 획득 하였습니다.]

Chapter 5.

　곳곳이 엘프들의 핏물로 질척거렸다.

　엘슬란드에서도 최고로 신성시되어 왔던 거기는 온통 파괴되어 있었다.

　태고의 대신전을 이렇게나 파괴할 수 있는 존재는 둠 카오스밖에 없었다.

　올드 원을 찾기 위해 혈안이 되어 있을 놈이 빤히 그려졌다.

　놈이 다녀간 것이었고 생존자나 그것들의 영혼이 남겨져 있을 리는 만무했다. 그제야 한숨 놓을 수 있었다. 판단은 정확했다.

　골드의 기억을 따라 여기를 첫 행선지로 잡았다면 둠 카오스 놈과 고스란히 마주쳤을 테니까. 우리 사이에 암묵적인 합의가 있었다고 해도 결전의 순간까지는 놈과 마주쳐선 안 될 일이었다.

그래서 연희와 헤어진 후 향한 첫 번째 행선지는 오크들의 대륙이었고, 거기에 남은 힘들을 수거한 후에 여기에 도착한 것이었다.

[성체 그라프를 처치 하였습니다.]
……
[성체 그라프를 처치 하였습니다.]
[그라프 일족의 원종 중 하나를 처치 하였습니다.]

밟아 누른 발을 떼며 걸음을 옮기자 지하에서 끌어올려진 기운들이 스미어 들어왔다.

그때 잡것들의 대장이 돌아왔다.

[잡것: 그렇사와요. 난리도 그런 난리가 없답니다.
저 루―세아의 눈으로 직접 본 일이어요.]

그때까지 나는 세계수의 흔적을 찾고 있었다.

[잡것: 바클란, 그라프, 바르바 할 것 없이 죽음의
땅들에서 죄다 기어 나왔습니다요. 거기다 둠…… 언데
드가 타 차원에서 데려다 놓은 죽은 것들까지 활보하고
있지요. 엘슬란드는 도륙되고 있습니다요.]

[잡것: 성전의 탑이 한 개밖에 남지 않은 데다가 이
제 마나도 수급할 수 없으니, 엘프들의 저항은 정말로
무력하기 짝이 없는 것이지요.]

잡것이 바들바들 떨면서 말했다.

[잡것: 저희 루−세아 일족은 오딘 님의 승리를 위
해서라면 무슨 일이든 각오가 되어 있사와요. 부디 잊
지 말아 주시길…….]

연희가 이것들의 기억 창고를 움켜쥐고 있지 않았더라면
진즉에 등을 돌렸을 족속들이다.
잡것이 떨고 있는 까닭도 나를 마주하고 있기 때문이 아
니라 일족과 본인의 운명이 풍전등화이기 때문이었다.

[시스템 관리자 오딘: 놈은?]

[잡것: 엘슬란드 수도를 뒤지고 있습니다요. 저······
저······ 정말로 자신 있으신 거 맞으시와요? 저 루—세
아의 믿음은 누구보다 강하지만 아시잖습니까요. 아랫
것들의 믿음이 얼마나 나약한지를 말예요.]

[잡것: 모두가 불안에 떨고 있사와요. 송구스러운 말
씀이지만 아랫것들에게 확신을 보여 주셔야 합니당. 지
금도 얼마나 조잘대는지······ 아주 말도 못 합니다요.]

[시스템 관리자 오딘: 우리가 승리하고 나면 나와
마리는 일선에서 물러날 것이다. 하면 마리의 공백을
누가 차지하게 될까? 하물며 우리 중 마리 외에는 너희
들의 경외를 받을 이가 없다.]

[잡것: 네에에에? 일선에서 물러나신다고요?]

잡것에게서 감추려야 감출 수가 없는 활력이 순간 솟구
쳐 나왔다.

지금껏 잡것의 날갯짓은 두려움에 파묻혀 조용하기만 했
다. 그것도 직전을 기점으로 갑자기 빨라지며 제 몸을 빌빌
꼬았다.

[잡것: 곰곰이 생각해 보니까…… 아랫것들은 멍청하기 짝이 없어서 그리 문제가 되지 않을 것 같습니다요. 소인 루—세아가 아랫것들을 잘 관리하여 전하께서 가시는 길에 보탬이 되겠습니다요. 충성!]

어차피 선택지라곤 존재하지 않는 잡것으로선 그러한 반응이 최선일 수 있었다.

[시스템 관리자 오딘: 그러니 명심해라. 둠 카오스와 놈의 작당들이 우리보다 올드 원을 먼저 찾는다면 모든 게 물거품이 된다는 것을.]

[잡것: 헤헤헤. 당연한 말씀입니다요. 다시 말씀드리지만, 소인 루—세아와 저희 일족의 모든 충성스러운 일원들은 전하를 위해서 어떠한 희생이든 감수할 것이와요.]

잡것을 되돌려 보낸 후, 걸음을 서둘렀다.
지금 이 순간에도 증발되고 있는 힘이 많았다.
대기 중에서도 심지어 여기 태고의 대신전에서도 마나는 모두 사라졌지만, 엘프 종(種)들에게 담겨져 있던 힘들은 여전하다.

내게는 그 하나하나가 먼지에 불과할 힘이라고 해도 그것들의 총량은 무시 못 할 힘.

최소한 그것들까지는 확보해 둬야만 최악의 경우로 치달았을 때, 희망을 잃지 않을 수 있는 것이다.

본토로 철수하여 무조건적인 방어. 정확히 얼마나 버틸 수 있을지는 확신하지 못해도 적어도 한 세기는 버티지 않겠는가?

그때는 올드 원이 우리들에게 그러했듯이 나 역시 우리를 대신하여 놈을 공략할 타 차원의 생명체들을 찾게 될 것이다.

설령 예정된 종말을 연기하는 것에 불과할지라도 말이다.

어쨌거나 세계수를 반드시 찾아내야 하는 이유는 그뿐만이 아니다.

차원과 차원의 공간을 허물어 버리는 설계가 깃들어 있을 거라 추정된다.

지금에 와서도 시스템 사용자들에게 일방적인 전송밖에 되지 않지만, 추정대로의 설계를 확보하게 된다면 그 벽은 허물어지고 말리라.

각성자들은 최후의 장에서도 힘을 꾸준히 보내올 것이다.

나와 둠 카오스의 공멸을 염두에 두고 만들어진 정화 장치, 세계수.

침전에 만들어 둔 정화 장치보다 가공할 성능을 보여 줄 게 분명하며 타 차원에서도 우리들을 부려 왔던 올드 원의 공능이 그렇게 거기에 깃들어 있을 공산이 컸다.

이윽고.

건물 더미 속에서 세계수의 흔적이 드러났다.

올드 원이 제 공능으로 직접 공들여 만들었던 것답게 둠 카오스의 힘에 직격되고도 뿌리가 남아 있었다.

태고의 대신전과 칠흑의 계단을 구성하고 있는 물질들이 바로 이러했다.

하지만 이렇게 파괴된 채로는 아무런 쓸모가 없다. 복구 시키는 작업이 필요했는데. 둠 카오스 놈도 이걸 파괴하면서 정체를 알게 되었을 터, 작업을 가만히 두고 볼 리가 없다.

잡것들 외에도 보다 확실하게 놈의 시선을 분산시켜야 한다.

[2막, 결전의 장이 24시간 후에 시작 됩니다.]

24시간, 만 하루.

그 정도 여유라면 각성자들도 준비를 마칠 수 있겠지.

*   *   *

조나단은 다른 그룹들과는 달리 혼자였다.

하지만 그는 어쩐지 썬과 마리와 함께 있는 기분이었다.

강단에서 선생으로 서 있었을 풋풋한 마리와 학생 신분
으로 앉아 있었을 썬을 그려 보는 것만으로도 미소가 머금
어지곤 했다.

그는 선후와 연희의 첫 만남이 어디에서 시작되었는지를
알고 있는 몇 안 되는 사람 중 하나였다.

　[헤라: 존경해 왔던 염마왕 님과 거래를 마칠 수 있
　었다는 게, 제게는 큰 영광이었습니다.]

　[염마왕: 네게 큰 기대를 걸고 있다.]

　[헤라: 부응하는 모습을 보이겠습니다. 지켜봐 주십
　시오.]

　[염마왕: 그러지.]

　[헤라: 먼저 물러가 보겠습니다. 그럼 끝에서 다시
　뵙겠습니다.]

조나단은 책상을 쓰다듬었다. 과연 썬의 기억을 토대로 만들어진 무대다. 책상은 당시 한국 학생들의 낙서들로 가득하다.

「 오늘, 1997년의 국치일을 잊지 말자. IMF」

한글로 된 낙서는 썬의 필체가 아니긴 했다. 그래도 예전에 썬이 마리를 소개하면서 들려주었던 일화를 이렇게나마 체험할 수 있다는 게, 새삼 많은 감상을 일으키는 것이었다.

한국이 IMF의 속국이 된 그 옛날. 마리는 IMF가 뭔지도 모를 철부지 학생들을 앞에 두고 한국이 겪어야만 했던 치욕을 그리도 역설했다고 했다. 이 낙서는 그렇게 만들어진 것이다. 교과서에 적어 두라는 마리의 지시를 어기고 제 책상에 끄적였던 어느 한국인 학생에 의해.

돌이켜보면 썬은 그의 모국, 한국을 IMF에서 구제해 낼 수 있었다. 하지만 금력을 증강시키는 수단으로 활용하기만 했었다.

천재 아시안 소년의 냉혈함에 대해서 감탄하기만 했던 당시까지만 해도 오늘 같은 날이 올 거라곤 꿈조차 꿀 수 없었다.

IMF가 개인 사조직처럼 운용되고 있는 본토의 현실도.

마침내 유일 신성을 둔 싸움이 목전까지 이른 거시(巨視) 세계의 현실도.

'너는 이번에도 승리할 것이다, 썬. 언제나 그래 왔듯 이.'

조나단은 웃을 수 있을 때 한껏 웃어 둘 생각이었다. 그런 의미로 썬과 마리가 첫 만남을 가졌던 이 공간은 제격이라 할 수 있었다.

시대적으로도 당시의 자신 역시 썬을 만난 지는 얼마 되지 않아서, 이 공간은 너무 오래되어 잊고 있었던 기억들을 끄집어내기 일쑤였다.

썬과 함께했던 금융 전장들…… 모든 건 그때부터 시작이었다.

[2막, 결전의 장이 24시간 후에 시작 됩니다.]

'떴군.'

조나단의 얼굴에 은연히 서려 있던 미소도 그때 사라졌다.

[남은 시간(결전의 장까지) : 23시간 59분 59초]

[시스템 관리자 오딘으로부터 메시지가 도착했습니다.]

[시스템 관리자 오딘: 더 지원해 주지 못해서 미안하다, 조나단.]
[조나단: 아니. 코인이 남더군. 이렇게 줘도 될까 싶을 정도로. 남은 코인들은 차후를 위해서 비축해 두었다.]
[시스템 관리자 오딘: 둠 카오스는 나와 올드 원이 성 드라고린 밖 어디로도 가지 못하게 많은 힘을 사용하고 있다. 그러고도 나를 능가하지.]
[조나단: 넌 지금, 티끌만 한 힘이라도 아껴야 할 때다. 그걸 이해 못 할까. 지금도 과해. 코인이 남았다니까.]

썬이 부릴 수 있는 힘을 추정할 순 없지만, 분명한 사실 하나는 썬 또한 최후의 장을 준비하며 소비한 힘이 적지 않을 거라는 점이었다.

조나단은 그게 염려되었다.

[시스템 관리자 오딘: 상점에서 다룰 수 없는 공능에 대한 얘기다.]

[조나단: 충분해.]

[시스템 관리자 오딘: 본론으로 들어가지. 놈이 둠 카소를 빼돌렸다. 우리가 뭘 도모하고 있는지 정확히 눈치채지는 못해도, 너희들로 하여금 내가 무언가 계획하고 있다는 것쯤은 알고 있단 거지.]

[시스템 관리자 오딘: 둠 카소는 이번 작전에서 가장 큰 방해물이 될 거다.]

[조나단: 어떻게 생겨 먹은 놈이냐?]

[시스템 관리자 오딘: 넌 본 적이 있어. 일러스트 기억하나? 기억할 거야. 네 별장 액자에 담겨 있었으니까.]

[조나단: 그 새끼였군.]

[시스템 관리자 오딘: 무시하기엔, 엔더 구간 말엽에 도달한 놈이다. 둠 카오스가 놈에 또 뭔가를 줄지도 모르는 일이지. 위험하다 싶으면 연희의 지원이 있을 거야.]

[시스템 관리자 오딘: 도움을 청하는 걸 주저하지 않았으면 하는군.]

이후에도 선후의 당부가 계속되었다.

유난히 길어지는 썬의 목소리에 조나단은 정말로 끝이 머지않았다는 게 실감되었다.

지금까지 달려온 일생에 후회가 남지는 않지만, 마지막에서 넘어지고 만다면 전 일생이 부정되는 셈 아니겠는가.

조나단은 이 메시지로 끝을 맺었다.

[조나단: 공략 준비 완료.]

금융 전장에 나서기 전 썬과 던졌던 출사표.

[시스템 관리자 오딘: 공략 준비 완료.]

과연 돌아오는 대답에서도 조나단은 썬과 함께 있는 기분이었다.

*   *   *

둠 카오스 놈이 올드 원을 먼저 차지할 가능성, 세계수 뿌리를 복구시키는 동안 방해 공작을 받을 가능성, 뿌리에 함정을 남겨 두었을 가능성, 올드 원이 먼저 나를 찾아올 가능성 등등.

　나는 모든 가능성을 열어 두고 있었다. 둠 카오스가 올드 원을 포기하면서까지 나를 먼저 도모할 가능성도 물론이었다.

　　[시스템 관리자 오딘: 만일에 하나 다른 방해물이
　　아니라 놈이 직접 나타난다면, 알겠지? 그땐 나를 도울
　　생각은 조금도 말아라.]
　　[우연희: 리더의 지휘대로.]

　설령 그 많은 가능성 중에 내 죽음이 포함되어 있을지라도.
　그녀야말로 우리가 한뜻으로 단결하지 않는다면 최악의 가정을 현실로 맞닥트릴 수도 있다는 것을 모를 수가 없었다.

　　[시스템 관리자 오딘: 그럼 준비하도록. 곧 시작이
　　다.]

　그녀가 자리를 잡았다.
　그녀의 각 손에는 단검이 하나씩 쥐어져 있다. 그녀에게

적합하게 변한 실버와 원래부터 그녀의 주력 중 하나였던 강화된 광대의 단검.

그녀가 그렇게 쌍수로 무장하고선 전의를 불태웠다.

[* 시스템]

[2막, 결전의 장이 시작 되었습니다.]

[사용자들이 각 전장으로 이동 됩니다.]

내 손끝에서도 신성의 힘이 뻗어 나갔다.

쏴아아—

황금빛 아지랑이로 나타난 그것은 단숨에 세계수 뿌리를 휘감았다.

[복구까지 1분이 소요 됩니다.]

[남은 시간 (올드 원의 정화장치 복구 까지) : 1분]

틱.

[남은 시간 (올드 원의 정화장치 복구 까지) : 59초]

충분히 긴 시간이 흘러갈 때까지도 별다른 기척이 없다.

나는 뻗쳐 두었던 힘을 빠르게 회수하며 눈살을 구겼다.
그제야 그녀의 시선이 사방의 어디가 아니라 나를 쫓아 들
어왔다.

[연희 : 방해물이 없어.]
[시스템 관리자 오딘: 놈이 직접 쳐들어올 일도 없
을 것 같다.]

그녀가 뿌리를 향해 시선을 가져갔다. 뿌리는 거대하게
노출된 상태로 별 탈이 없어 보이나 사실은 달랐다.
과연 둠 카오스 놈은 뿌리를 두고 방책을 준비해 두었다.
외부에서가 아니라 바로 이 내부에서 시작되는 방책이었
다.
그렇지 않아도 그런 경우를 의식해 힘을 조심스럽게 운
용하고 있었는데 이제는 더 섬세해질 필요가 있었다. 그러
고 나서였다.

[경고: 둠 카오스의 저주 '파멸의 타락'이 발견 되었
습니다. (파괴된 올드 원의 정화장치)]

[파멸의 타락 (저주)

신성의 힘으로 뭉쳐 있는 강력한 저주입니다. 당신이라고 예외가 아닙니다. 피습될 경우, 당신의 신성은 일시적으로 봉쇄될 것이며 참을 수 없는 고통과 마주하게 될 것입니다.

피습 시, 예상 되는 결과: 신격 상실 7일, 신(GOD) 구간에서 엔더 구간으로 레벨 다운 7일]

[남은 시간(올드 원의 정화장치 복구 까지)이 59초에서 6일 23시간 59분 59초로 늘어났습니다.]

[남은 시간 (올드 원의 정화장치 복구 까지) : 6일 23시간 59분 59초]

노려보고 또 노려보았다.

감각망에서 걸리적거리는 느낌이 참으로 지저분했다.

마치 하나의 회로가 완성되듯 더러운 느낌을 짜 맞출 수 있게 된 순간.

정작 얻고자 하는 설계가 아닌 그 악물의 설계가 뇌리에서 번뜩였다.

[설계도 '파멸의 타락'을 획득 하였습니다.]

신격으로서 오래 싸움을 해 온 것들은 과연 다르다.

신격을 봉쇄해 버리는 저주라니.

그런데 이리도 악랄한 힘이 노골적으로 뭉쳐 있는데 어떤 멍청한 신격이 당해 준단 말이냐.

저주만큼이나 강력한 위장으로 감춰진 상태에 바로 앞에서 터져 버린다면 또 모를까. 아니, 그것만으로도 부족하다.

상대가 한 눈을 팔지 못할 만큼 격한 상태로 치달았을 경우 시도해 볼 수 있는 공격법.

그러니 놈이 이 악물을 뿌리에 심어 두었던 까닭은 내가 피습되길 바라서가 아니란 말이다. 놈은 내가 여기에 묶여 있길 바란다.

[시스템 관리자 오딘: 기어이 상처를 입히고 시작하
는군.]

뿌리에서 저주의 기운을 끌어냈다. 그것은 뿌리 전체를 휘어 감는 검은 기생충 같은 꼴로 나타났다.

거기에 남아 있을 저주 역시 우리가 가정해 왔던 가능성 중 하나가 아니었던가.

하지만 최후의 장이 제대로 돌아가기 위해서 뿐만 아니라 이 세계에 남아 있는 올드 원의 힘을 회수하기 위해서도 뿌리에 깃든 설계가 반드시 필요하다.

그러한 승리로 가는 길에 눈알 하나쯤은 제물로 바칠 수 있는 것이다. 평생 외눈으로 살아야 할지라도 얼마든지.

[시스템 관리자 오딘: 잘 봐 둬. 마지막으로 보는 두 눈 멀쩡한 얼굴이니까.]

웃으라고 한 소리는 아니었다.

설령 일이 잘못되더라도 내 멀쩡한 얼굴을 기억해 주길 바라서 한 말이었고, 연희는 나를 노려보듯이 쳐다보았다.

그녀도 어떤 일이 진행될지 알고 있었다.

[시스템 관리자 오딘: 각성자들이 빛기둥을 공략하기 시작했다. 네 잡것들도 죄다 설치고 있지. 제아무리 둠 카오스라고 해도 즉각 반응하긴 어려울 거다.]

[시스템 관리자 오딘: 그래도 경계를 늦추지 말도록.]

큭.

순간적으로 치밀어 오른 고통이 거기에서 불길처럼 일었다.

나는 스스로 왼 눈알을 뽑아냈다. 그러고는 바로 시작했
다.

[둠 카오스의 저주, 파멸의 타락을 봉인 합니다.]

[봉인체: 오딘의 왼 눈]

기생충 같은 그것들이 손아귀로 꿈틀거리며 올라온다.
손아귀 위.
피가 뚝뚝 떨어지는 나의 왼 눈알로.

*　　　*　　　*

과연 둠 카오스의 대응은 한발 늦었다.

[남은 시간 (올드 원의 정화장치 복구 까지) : 0초]
[올드 원의 정화장치가 복구 되었습니다.]

세계수가 왕성하게 자라났다가 설계만 뱉어 내고 쪼그라
든 시각.

[설계도 '올드 원의 정화 장치'를 획득 했습니다.]

시끄러웠던 주위의 소란도 잠잠해져 있었다. 주변은 그라프의 시체들로 가득했다.

연희에게 도륙된 그것들의 왕도 마찬가지였다.

본래는 이족 보행의 지성체로 제 일족의 왕으로 군림했을 녀석이었지만 둠 카오스의 힘을 직접적으로 받은 여파로 인해 그저 하나의 괴물로 치달아 버린 녀석.

연희는 얼굴에서 흘러내리는 그것들의 핏물과 살점을 한 손으로 쓸어내리며 나를 쳐다보았다. 축하의 메시지는 따로 없었다.

이제 시작이니까. 인사 따위도 사치다. 여기에서 그녀의 목적은 다했다.

[사용자 우연희가 전장(최후의 장)으로 이동 됩니다.]

착!

그녀가 이동되기 직전에 던진 실버가 손아귀로 날아와 감겼다.

실버 또한 이제는 단검의 형태로 남아 있을 필요가 없었다. 창으로 변한 실버를 움켜쥐고서 침전으로 돌아갔다.

김지훈을 비롯한 숭배자들의 기척은 변함없이 문 앞을
지키고 있었다.

그때 문이 열렸다. 김지훈뿐만이 아니었다.

그들은 일제히 침전 안으로 쏟아져 들어왔다가 날 보고
는 그 자리에서 즉각 멈춰 섰다. 그들 또한 포착했을 가공
하면서도 사악한 힘이 정작 내 손아귀 안에서 통제되어 있
기 때문이었다.

[타락한 오딘의 왼 눈 (아이템)
한 신성의 육신 중 일부분이었습니다. 강력한 저주
인 '파멸의 타락'이 봉인되어 있습니다.
아이템 등급: SSS
아이템 레벨: 720]

일단 시급한 일은 이것이 세상에 나타나지 못하도록, 그
렇게 누구도 찾지도 접근하지도 못하도록 하는 것이었다.

다른 차원의 공간을 만들어 감춰 놓은 것만으로는 부족
했다.

태고의 신전과 칠흑의 계단을 구성하고 있는 물질과 동
일한 것을 만들어 내 벽을 세웠다. 이왕 시작한 것이니 작

업을 성채 전반으로까지 확장시켰다.

침전은 문을 경계로 실내 전체가 영원의 미궁으로 바뀐다.

드드드—!

성채는 한참이나 진동하며 미궁의 정점으로 정화 장치를 옮겨 놓았다.

그리고 드디어 장치 또한 보강을 끝마쳤을 때, 거기에 박혀 있던 더 그레이트의 심장은 장치를 견고하게 만들어 주는 재료에 불과해졌다.

[* 정화 장치 '시스템 서버'가 최종 단계로 업그레이드 되었습니다.]

[* 업그레이드 목록

1. 장치가 단단해졌습니다.

2. 타 차원에서 발생하는 힘 또한 회수할 수 있게 되었습니다.

3. 엘프 종에 남아 있는 올드 원의 힘은 그것들의 죽음과 함께 자연히 회수됩니다.

4. 타 신성들이 소멸할 시, 그것들의 힘은 자연히 회수됩니다.]

4번 항목이 세계수가 맡고 있던 역할이었다. 하지만 둠 카오스가 직접 올드 원을 취해 버리는 경우까지 차단시키지는 못할 터.

나는 자리를 옮겨 문을 열고 나왔다. 김지훈 역시 개안의 능력을 가진 이상, 틈 안으로 들어오는 광경을 놓칠 수 없었을 것이다.

녀석에게도 거기는 [영원의 미궁]이라는 초(超)등급 던전으로 읽혔을 터.

[시스템 관리자 오딘: 어떤 경우에도 발을 딛지 마라. 다시는 빠져나올 수 없을 테니.]

[시스템 관리자 오딘: 그리고 항상 습격에 대비해라. 몬스터들이 강해졌다. 모두가 마지막 전쟁에 임한 지금, 너희들도 전투가 불가피할 것으로 보인다. 이후 몬스터들의 목표는 여기가 될 가능성이 높단 말이지.]

"명…… 심하겠습니다."

[시스템 관리자 오딘: 결과로 보여 주도록.]

＊　　　＊　　　＊

힘이 계속해서 흘러들어 온다. 멸종의 위기까지 치달은 죽은 엘프 종들에게서도 그리고 전투가 한창인 각성자들에게서도.

나 역시 올드 원을 쫓아 둠 카오스와 겹치지 않는 지역들을 수색하고 있었다.

그때도 잡것들이 둠 카오스의 행방을 전해 왔으나 놈에 의해 파괴된 엘프 종들의 도시명만 한 박자 늦게 전해 오는 식이었고.

둠 카오스와 거리는 점점 좁혀지고 있었다. 놈은 엘슬란드 서부에서부터 여기 동부까지를 완전히 쓸어버릴 생각으로 움직인다.

놈을 의식하며 거리를 벌리다 보니 어느덧 동부의 끝자락. 레드의 은신처를 그리 멀리 두지 않은 지역까지 밀려났다.

올드 원은 엘슬란드 어딘가에 있다. 그 점만은 분명했다. 그러며 더욱 분명한 점은 둠 카오스가 지나친 지역에는 없을 거라는 사실.

그러니 올드 원 또한 여기 동부 어딘가로 활동 영역이 좁혀지고 있다.

그러며 또 한 가지. 올드 원은 폴리모프와 비슷한 구성으로 본인을 감추고 있다고 강력히 의심된다. 그것만이 나와 둠 카오스의 시선을 피할 수 있는 유일한 방법이니까.

그렇다면 내가 해 줘야 할 일은 분명했다. 둠 카오스가 그러듯이 나 역시 올드 원의 활동 반경을 레드의 은신처 쪽으로 좁혀 주는 것!

올드 원이 레드를 찾을 수밖에 없는 이유를 만들어 주는 것이다.

설령 레드가 약조를 지키지 않더라도 내가 먼저 먼저 올드 원에게 다가설 수는 있으리라.

무형(無刑)의 결계, 레드의 은신처. 내게는 그 위치가 담겨져 있다.

마침내 한 시점에서였다.

　　[더 그레이트 레드가 본체강림(本體降臨)을 시전 하였습니다.]
　　[부름에 응하시겠습니까?]

　　　　　*　　　　*　　　　*

주저할 까닭이 없었다. 더 그레이트 레드의 육신으로 강림했다.

그 즉시 내부 깊숙이 추락하고 있는 레드의 영혼이 느껴졌다. 고것의 고통스러운 울부짖음이 빠르게 멀어지던 찰나, 시야가 새롭게 뜨이는 기분이 들었다.

번뜩!

도망치려는 것이 보였다. 나는 레드가 품고 있던 힘에 내 힘까지 보태서 결계부터 쳤다.

도망치던 것은 한 치의 차이로 결계에 부딪쳐 뒤로 나자빠졌다.

고것이 나를 뒤돌아보았을 때 보였던 얼굴은 엘프 여왕의 것이 틀림없었다. 그러나 거기에 담긴 두 눈만큼은 둠 카오스에게서 목격된 것과 닮아도 너무 닮은 것이었다.

오랜 싸움에 유일해지겠다는 일념(一念)밖에 남지 않은 것들만이 저런 끔찍한 눈을 뜨고 있지 않던가.

쉐아아악—!

붉은 비늘로 가득한 내 거대한 팔이 시야를 뚫고 나갔다.

꼬리를 다루는 감각 역시 이질적이지 않았다. 그렇게 놈이 내 공격을 피해 위로 솟구치려는 걸 예상해 꼬리로 내리치기까지는 한순간이었다.

세계가 파멸할 때 일어난다는 불길, 겁화(劫火)!

그 불길은 단숨에 놈을 집어삼켰다. 불 속에서 휘적거리

는 그림자는 춤사위를 방불케 했다. 거기를 손바닥으로 재
차 내리쳐 버리자.

저항의 힘이 부딪혀 온다. 놈이 현신을 위해 위장을 풀려
하고 있었다.

허약한 엘프 여왕의 육신에서 벗어나 진짜 제 모습으로.
그때.

[둠 카오스가 강화된 절대 전장을 공격하고 있습니
다.]

역시나 둠 카오스도 눈치채지 못할 이유가 없었던 것이
다.

**[경고: 둠 카오스가 강화된 절대 전장을 파괴 하였
습니다.]**

나는 보다 더 큰 힘을 가져와서 저항의 힘을 깔아뭉갰다.

손바닥 밑으로 짓눌려 터져 버린 엘프 여왕의 시체가 느
껴졌다.

하지만 올드 원의 진짜는 그 와중에도 남아 있는 두 성
물, 엘프 여왕의 목에 걸려 있던 목걸이와 교단의 문장을

형상화하고 있는 교구다!

골드의 기억을 통해 알게 된 그 모습 그대로.

[락리마 교단의 성물, 위대한 표상]

[락리마 교단의 성물, 세계수의 수호 목걸이]

하나로 뭉쳐지려던 그것들을 공간 속으로 던져 버렸을 때, 당장에라도 이 목을 쳐 버리기에 충분한 칼날이 떨어지고 있었다.

팟!

＊　　　＊　　　＊

강림을 풀고 내 몸으로 돌아오는 데 성공한 덕분에 이리도 가슴 속에서 펄떡이는 것은 레드의 심장이 아니라 내 심장이었다.

[속박체, 더 그레이트 레드가 죽었습니다.]

조금만 늦었어도 레드의 죽음과 함께 치명상을 피할 수 없었으리라.

하지만 레드의 죽음 따위를 생각하기엔 사정이 여의치 않았다.

두 성물이 눈앞의 공간을 뚫고 나왔다.

그것들을 양손에 하나씩 낚아채자마자 다시금 힘으로 짓눌렀다.

이미 저주에 피격되어 본래의 신성을 다할 수 없다고는 하나, 그래도 놈이 현신을 제대로 갖추는 것을 저지하지 못한다면 상황은 얼마든지 최악으로 돌변할 수 있었다.

파파파팟!

나는 계속 힘을 가하며 공간을 넘어 다녔다. 순간순간마다 엘프 종들의 멸망한 도시들이 시야를 스치고 지나갔다.

그러다 올드 원의 저항이 한층 꺾여지던 시점에서 놈의 현신을 제대로 볼 수 있게 되었다. 왼손에 쥐어 잡힌 것이 놈의 진짜 목이었고 오른손에 움켜쥔 것은 놈의 눈알이었다.

놈도 제 눈알 하나를 바쳐 역대 여왕들의 곁에서 그것들을 조종해 왔던 것이다.

[락러마 교단의 성물, 위대한 표상]
[올드 원의 오른 눈]

그래서 목이 잡힌 놈의 얼굴은 나처럼 한 눈이 감겨 있었다.

저주에 피격된 얼굴은 역병에 감염된 것처럼 흉측했다. 그때 거기의 남은 눈이 전해 오는 의사는 분명했다. 지금에라도 본인을 놔준다면 나와 공조를 이루겠다는 악에 찬 메시지였다.

실제로 흘러들어 오려는 놈의 의념을 즉각 날려 버렸다.

[올드 원: 나선…….]

하고자 한다면 올드 원에게 찌든 저주를 없애 줄 수도 있는 일이나 고것과 공모하는 것이야말로 자멸의 지름길.

[올드 원의 메시지를 차단 하였습니다.]

이놈과 섞을 말 따위 있지도 않았다. 잠깐 끄집어내졌던 놈의 현신은 상징과 목걸이의 형태로 다시 허물어졌다.

둠 카오스의 추격은 집요했다. 공간을 뛰어넘을 때마다 일그러진 그 흔적을 쫓아 놈이 따라붙는 것이 반복되고 있었다.

아주 미세한 차이로 간격이 좁혀지고 있던 시점에서였다.

드드득.

늦지 않았다. 고대해 왔던 순간에 다다랐음을 느끼고 힘을 가하자.

와직!

눈알을 쥐고 있던 오른손이 주먹으로 완전히 닫혀 버렸다. 주먹 사이에선 핏물이 흘러나왔다. 올드 원이 받았을 고통은 정작 왼 손아귀를 통해 전해져 왔다.

주먹을 폈을 때 거기에 남아 있는 것은 터져 버린 눈알의 흔적뿐이었다.

신격을 잃은 어느 평범한 눈알의 흔적. 누구나 한 번쯤 생각해 봤을 우주의 모든 걸 주관하는 전지전능한 신은 애초부터 어디에도 없었다.

올드 원 또한 작은 미물에서 시작해 여기에 도달한 것이다.

어떤 우주적 깨달음에서였든, 둠 카오스처럼 다른 세상을 습격하며 키워 왔던 힘에서였든. 이것들의 근본은 나와 다르지 않다.

이런 것들 따위에게 휘둘려 왔던 세월이야말로 참혹한 일.

그러니 왜 아니겠는가.

이제야말로 그런 세월에 종지부를 찍을 때란 말이다아아

아악!

[올드 원의 오른 눈을 파괴 하였습니다.]

비록 올드 원의 일부분에 지나지 않으나 그 힘은 굉장했
다. 놓치고 싶지 않다는 욕심이 끼어들며 뇌리를 어지럽히
기 시작했다.

하지만 소탐대실(小貪大失)의 말로를 얼마나 많이 보아
왔던가.

경제적 문제에서도 정치적 문제에서도 그리고 개인사에
서도. 작은 것을 탐하다가 그 늪에서 영영 빠져나오지 못하
는 경우가 허다했다. 지금도 마찬가지다. 이 힘은 본토로
귀환하는 데 지급해야 할 통행료에 불과함을 잊지 말아야
한다.

계획대로. 계획대로. 리스크를 감수해야 할 때가 있고 아
닌 때가 있다.

나는 올드 원의 힘을 흡수하지 않았다. 오히려 둠 카오스
가 집어삼키기 좋게 잘게 잘게 쪼개 놓았다.

그렇게 사방으로 흩뿌리며 찰나의 틈을 기다렸다. 과연
천공을 지배하고 있던 둠 카오스의 힘은 제 탐욕에 반응했
다.

천공이 열린다.

그렇지. 어떻게 뿌리칠 수 있겠느냐. 네놈에게 남은 것이라곤 그러한 일념 하나뿐인 것을. 그거나 처먹고 떨어져라. 짐승이여!

        *   *   *

사력을 다해 도착한 이태한의 집무실은 비어 있지 않았다.

질리언이 이태한의 책상에 앉아 모니터에 집중하는 중이었고 거기에선 오르까의 두 눈알이 확대되어 띄워져 있었다.

> 「 오딘은 우리 모두에게 공포였다. 너희들은 그러
> 한 존재의 보호하에 있다. 」

영문으로 번역된 자막이 하단에 박혀 있기도 했다.

멈춰 있는 것이나 다름없는 시간상에선 질리언과 그에게 보고가 한창이던 제시카 또한 움직임을 잃은 상태였다.

내게서 일어난 힘의 흐름은 그들을 눈앞에서 치워 버렸다.

사방의 벽이 견고한 물질로 뒤덮인 그때에도 손아귀에선 올드 원의 최후 저항이 한창이었다.

놈의 형태는 현신과 목걸이를 오가며 목걸이였을 때에는 장렬한 진동과 형형색색의 빛을, 그리고 현신이였을 때에는 남아 있는 눈알로 죽음을 모르는 눈빛을 보였다.

고통에 일그러질지언정 두려운 빛은 조금도 없던 것이다.

문득 그러한 시선이 오싹하게 다가왔다. 저주로 추악해진 얼굴 때문이 아니다.

신격을 논하는 게 무색하게도 이것들의 사고방식은 오로지 한 가지 회로에 의해 움직이고 있다는 걸 또다시 실감했기 때문이었다.

두 놈이 서로 싸워 대다 이렇게 타락하고 말았듯이, 내게도 결전이 예정되어 있었다.

그 싸움은 아루쿠다와 벌였던 것과는 차원이 다른 영역 속에서 일어난다. 어쩌면 영원처럼 느껴질지도 모르는 싸움…….

나는 이를 악물며 손아귀에 힘을 집중시켰다.

[시스템 관리자 오딘: 절대 너희들처럼은 되지 않을 것이다.]

아드드득.

[시스템 관리자 오딘: 둠 카오스 놈과 공멸하는 한
이 있더라도, 절대로!]

올드 원은 비웃지도 애걸하지도 않았다. 희망이라곤 쥐뿔
도 남겨져 있지 않은 상황이지만, 조금의 흔들림도 없었다.

그 모습이 대단할까? 천만에. 애석하고 가증스러울 뿐이
다.

그때가 마지막이었다.

목걸이와 현신을 오가던 현상은 목걸이로 한정되었다.
정교한 독일제 기계 장치처럼 꼼꼼하게 얽혀 있던 고리들
이 느슨해지며 손아귀 밖으로까지 그 줄을 늘어트리기 시
작했다.

놈은 본래의 제 모습이 아닌 그저 물건의 형태로 최후를
맞는다.

이보다 비참한 최후는 따로 없을 터였다. 놈에게는 아주
제격인 죽음인 것이다.

마침내 목걸이가 가루로 바스라지던 순간, 놈의 망령또
한 갈려져 나갔다.

[올드 원을 처치 하였습니다.]

[경고: 하지만 명심 하십시오. 끝이 아닙니다. 끝이
아닙니다. 끝이 아닙니다. 끝이 아닙니다. 끝이 아닙니
다. 끝이 아닙니다.]

[경고: 둠 카오스가 본토의 결계(마공학 방어 장치)
를 공격하고 있습니다.]

놈이 죽어 남긴 힘은 실내를 진동시켰다. 내 안으로 스
며들어와 충만해졌을 때에도 내 전신을 연쇄적으로 두드려
대며. 한때 유일 신성을 두고 싸웠던 본인의 존재감을 마지
막으로 증명했다.

"네 놈이 남긴 건 잘 써먹어 주마."

[더 그레이트 실버가 추출 되었습니다.]
……
[더 그레이트 실버의 효과 '둠 카오스 진영의 존재들
을 대상으로 위력이 대폭 증가합니다.'가 설계도 '태고
의 분노'와 결합 됩니다.]

[오딘의 홍염 방패가 추출 되었습니다.]
......

[더 그레이트 레드의 고유 권능 '홍염의 절대자'가
설계도 '염마왕의 화염옥'과 결합됩니다.]

언제나 그랬었다.

이 이상이 없을 거라고 여겨졌던 성장에 도달했을 때에
도 그 이상이 존재했으며 나를 위협했던 라이벌들은 추락
했다.

하지만 이제는 확신할 수 있다. 내 위에 남겨진 계단은
하나뿐이다.

그 위로 올라서 이 지긋지긋한 싸움에 종지부를 찍든.

[경고: 둠 카오스가 본토의 결계(마공학 방어 장치)
를 공격하고 있습니다.]

저놈을 껴안고 죽음의 구렁텅이로 함께 추락하든.

나는 어느 쪽으로나 준비가 끝나 있었다.

「 아버지, 어머니. 제 사랑하는 이들이 저를 자신
보듯 헌신했기에 지금에 올 수 있었습니다.

이제는 그들이 제게 해 주었던 말들을 두 분께 돌려 드릴 수 있게 되었습니다.

시간을 수없이 되돌린다 한들 이보다 더 잘해 낼 수 없습니다.

다만 바람이 있다면 승리를 거두고 돌아와 두 분 앞에서 건장한 제 모습을 보여드리는 것이겠죠. 그러도록 다짐하겠습니다. 하지만 돌아오지 못한다 해도 제 사진 앞에서 눈물을 보이지 말아 주십시오. 대신 자랑스러워해 주십시오. 두 분이 낳아 주시고 길러 주신, 이 아들은 한 점의 후회도 남김없이 최선을 다했습니다.

사랑합니다. 아버지.

사랑합니다. 어머니. 」

찰나에 만들어진 편지는 공간을 넘어 사라졌다. 나 역시.

Chapter 6.

퍽!

[열정자가 발동 했습니다. (1단계)]

높은 허공에서 떨어지며 나타난 성일은 그대로 바클란의
머리를 쪼갰다.

무대가 시작되자마자 그가 레드존으로 냅다 뛰어온 까닭
은 어떤 몬스터 군단을 대적하게 되는지 확인하기 위해서
였다.

[길드장 칼리버: 우리 첫 상대는 바클란이구만.
(Our first enemy is baclan)]

[길드: 도시(1)이 쇠약화 저주 첨탑(LV.1)을 설치 하
였습니다.]

……

[길드: 도시(8)이 쇠약화 저주 첨탑(LV.1)을 설치 하
였습니다.]

[길드: 도시(1)이 성벽(LV.1)을 무쇠 성벽(LV.2)으로
업그레이드 하였습니다.]

……

[길드: 도시(8)이 성벽(LV.1)을 성벽(LV.2)으로 업
그레이드 하였습니다.]

[길드: 도시(1)이 쇠약화 저주 첨탑(LV.1)을 쇠약화
저주 첨탑(LV.2)로 업그레이드 하였습니다.]

[길드: 도시(1)이 빙결 함정(LV.1)을 설치 하였습니
다.]

[길드: 도시(1)이 광분의 종(LV.1)을 설치 하였습니
다.]

[길드: 도시(1)이 연발 사격대(LV.1)를 설치 하였습니다.]

......

블루 존에 위치한 여덟 개 도시 전부는 그날 밤부터 블랙 존에서 뛰어나올 바클란들, 일명 나이트 습격을 대비하기 시작했다.

인도관의 사전 고지대로 상당량의 도시 빌드 점수를 가지고 시작했기에 가능한 일이었다.

성일이 저 멀리 선명한 빛으로 솟아오른 빛기둥을 목표로 잡고 뛰려는 순간.

인도관 루루아가 공간을 비집고 나타났다.

[*** 님께서 악신과 결전을 시작 하셨습니다.]

"……그러시겠지."

[그래도 이건 모르실걸요? 저 루—루아가 말한 '이건'이 무엇일까요?]

"루—루아. 새겨들어라잉. "

[네~ (ﾟωﾟ)]

"그분께선 나하고 농담 따먹기 하라고 그짝을 붙인 게 아녀."

[저까지 사지로 몰렸는데 농담할 기분이겠어요? 우리 일족 나름대로의 생존법이라고 이해해 주셔야만 한답니다. 아시겠어요? 어쩔 수 없다구요. 입이라도 움직여야지 그렇지 않고서는 조마조마해 죽겠다구요. 저 루ー루아가 미치고 환장하는 모습을 보고 싶은 건 아니시겠죠?]

"나 또한 그짝 하고 농담 따먹기 할 시간이 없으."

[……암요. 그러시겠죠. 이해해 주신 걸로 믿고 본론으로 들어가겠습니당.]

[인간 군단의 본토는 이제 다른 시간대에 속하게 됐어요. 고게 무슨 말이냐면 칼리버 님의 고향은 시간이 흐르지 않게 되었단 말이에요. ₹(ˋωˊ)₹ 무시무시한

*** 님께서는 여러분들의 전투가 단 며칠 만에 끝날 거라고 생각지 않으시는 거지요.]

　[장기전으로 보셔야 한다는 거예요.]

"각오했던 바여."

　자신은 쪽잠이라도 잘 시간이 날 테지만 그분께서는 어떠시겠는가.

　둠 카오스 같은 상상을 불허하는 존재를 대적한다는 것은……

　[대신 희소식이 있어요. 업그레이드된 시스템에 따라 상점과 거래 창구는 계속 열려 있답니다. 각 퀘스트당 경험치 못지않게 빌드 점수도 높구요.]

　[그러니까 서두르시다가 화를 입지 마시고 천천히 진행하세요. 인간 군단은 어느 군단들보다 교활한 족속…… 헤헤…… 현명한 종족이잖아요.]

　[보통의 인간 군단들은 농성 위주의 작전을 고수할 거예요. 빌드 점수를 우선으로 잡으면서 농성을 펼친다면 나이트 습격을 충분히 대비할 수 있을 거라, 저 루—루아는 확신합니다.]

[아시겠지요? 칼리버 님이 서두르지 않으셔도 다른
무대들이 무너질 일은 없을 겁니다. 칼리버 님께선 안
전을 최우선으로 잡으시되…….]

"그짝만 그런 거여? 아니믄 다른 것들도 다 그려?"

[네?]

"조언이랍시고 지랄발광 떠는 거 말여."

[저 루―루아는 위대한 제사장 중에 하나랍니다.
아랫것들과 비교하지 말아 주실래요?]

"쓰벌것아. 그럼 닥치고 매뉴얼대로 혀. 니, 나한테 안
전한 거 있지? 눈깔 돌리지 말고 똑바로 말혀."
  그때 루루아를 노려보는 성일의 얼굴은 마냥 사람 좋아
보이던 그 얼굴이 아니었다.

[**공지사항:** 최후의 장은 악신(惡神) 둠 카오스의 급
소, 빛기둥을 공략하는 데 의미가 있다. 너희들의 성패
가 나의 성패를 좌우한다.

내게 주어진 시간은 그리 많지 않다. 하지만 너희들이 빛기둥을 파괴할수록 나는 상대적으로 강해질 것이니 거기에 승리의 길이 있다.

나의 패배가 곧 너희들의 전멸을 의미한다는 점을 명심해라.

강자들은 약자들을 이끌고, 약자들은 강자들을 보조하여 단결하도록.]

"……."

[칼리버 님 외에도 다른 첼린저들이 있잖아요. 우리는 우리의 안전을 최우선으로 삼아도…….]

"아가리 닥쳐라잉. 쓰벌넘의 뚝배기, 확 깨 불라. "

[호곡!]

"이제부터 니는 내 쫄따구여. 죽어도 내 손에 죽는 거지."
성일이 지면을 박차며 마저 외쳤다.
"따라붙으!"

[부길드장 사파: 보셨습니까? 그분께서 시스템이었
음이 확인되었습니다.]

[길드장 칼리버: 그분이 아니믄 누구겄어. 그분께서
이렇게 죄다 퍼 주셨는디 도시 날려 먹고 그러지 않겄
지?]

[부길드장 사파: 염려 마십시오. 오딘을 위하여
(For Odin!)]

[길드장 칼리버: 오딘을 위하여(For Odin!)]

부길드장 사파는 오싹해진 심장을 진정시킬 수 없었다.

그분께서 시스템일 거라는 추측이 난무했던 것은 사실이
나 그분께서 직접 본인의 말씀을 통해 이를 증명하신 건 처
음이었다.

그분의 최측근으로 평가되는 칼리버 님이 이리도 열성적
인 이유가 달리 있는 게 아니었다.

[길드: 길드장 칼리버가 바클란 전사 무리를 처치
하였습니다.]

"이대로 괜찮겠습니까?"

사파에게 말을 붙인 사내의 얼굴에도 충격이 서려 있었다.

사파는 정신을 차리며 되물었다.

"떠보는 것이냐?"

싸늘한 어투였다.

"죄송합니다. 경황이 없어 그만 실언을 했습니다. 방어 인력을 조금 빼더라도 칼리버 님을 보좌하도록 하는 게 맞지 않나, 여쭙는 것입니다. 혼자서 레드존을 뚫고 빛기둥을 파괴하시겠다니요. 결계가 사라진 점은 대단한 특혜가 맞으나 그 안의 괴악한 함정과 강력한 몬스터들까지 사라진 것은 아니지 않습니까."

"건방진 것."

사파가 그 말로 묵살해 버리자 사내는 또다시 죄송하다는 말은 남기고 본인의 위치로 돌아갔다.

그는 현재 길드원 중에서 칼리버를 가장 잘 아는 자였다.

2막 2장부터 최종장까지 칼리버의 직속 공격대에 속해, 칼리버가 성공과 실패를 거듭하며 지배자로서 완숙해지는 과정을 지척에서 목격했었다. 정확히는 이태한에게서 정신적으로나 세력적으로 벗어나는 과정을 말이다.

'완숙해지신 이후부터는 상황을 분별하는 견식 역시 따

라잡을 수가 없었다. 된다면 되었고 안 된다면 안 되는 것이었다. 이번에도 그렇겠지.

칼리버 님이 판단하기에 방어 인력을 빼기엔 여의치 않은 것이다.

이번 임무가 그분의 승패와 직결되기 때문에라도, 누구보다 빛기둥을 빠르게 제거하고 싶은 게 칼리버 님이시다.

칼리버 님이라고 공격대를 대동하고 싶지 않으실까.'

사파는 돌아가는 사내의 등에 대고 미간을 굳혔다.

'건방진 것.'

저렇게 권력에서 멀어져 있던 잔챙이들은 칼리버 님의 의도적인 빈틈 속에 담겨 있는 칼이 얼마나 예리한지를 알 턱이 없었다.

칼리버 님이 영어에 능통하다는 것을 알게 되었을 때 얼마나 경악했던가.

그리도 긴 시간 동안 감춰 왔던 능력 중에 하나였다. 그것도 모르고 했던 자신의 실수들을 되짚어 보면 아직도 목이 남아 있는 게 이상할 정도였다.

'어쨌거나 방어 장치들에도 불구하고 힘겨운 싸움이 될 것만은 분명하다.'

사파의 눈동자가 알림을 쫓아 미세한 움직임을 보였다.

[남은 시간(나이트 습격까지): 9시간 32분 10초]

[도시: 1 방어 레벨: 32

관할: 칼리버와 결사대 거주민: 24명

시장: 사파]

방어 레벨 32는 2막 1장이 다 끝나 가는 무렵에서나 볼 수 있는 수치였다.

하지만 수천 명이 운집해 있었던 도시는 이제 스물네 명뿐.

'정말로 아슬아슬하긴 하군…… 브론즈 한 명이라도 아쉬워.'

그러던 그의 눈에 길드원 한 명이 눈에 띄었다. 그분이 시스템이라는 사실이 증명된 이후, 가장 큰 충격에 빠진 녀석이었다.

코드명 카타나, 이름은 무라이 에이타.

녀석은 각성자들 세계에서 화제의 인물 중 하나였다.

본격적으로 각성자들의 능력치가 협회 전산에 잡히던 날.

62레벨의 브론즈 따위가 끝까지 살아 귀환했다는 게 알려졌으며 녀석이 바로 그 주인공이었다.

챌린저보다 달성하기 힘든 게 브론즈로 살아남는 거라고
하지 않았던가.

전 각성자를 통틀어 브론즈는 세 명이고 챌린저는 열두
명이니 그리 틀린 말도 아니라 생각되었다.

"카타나."

한 번 더 부르고 나서야 얼굴이 돌려졌다. 웃는 것인지
우는 것인지 알 수 없는 것이, 기괴한 표정임은 틀림없었
다.

"기회를…… 그분께서 제게 기회를 다시 주시고 계셨던
것이었습니다."

격려는 따로 필요 없어 보였다.

"절실히 깨달았다면 결과로 보은해라. 우리 그룹이야말
로 그분과 멀리 떨어져 있지 않다. 그분의 최측근이신 칼리
버께서 우리의 리더지 않으냐."

사파는 그 말을 끝으로 몸을 돌렸다.

그리고 예정된 시간이 도래했다.

[남은 시간(1차 나이트 습격까지) : 1초]

[1차 나이트 습격이 시작 됩니다.]

[경고: 바클란 군단에서 칼리버 권성일을 인지하고 있습니다.]

어둠으로 가려져 있던 끝에서 그것들의 윤곽이 쉴 새 없이 나타나기 시작했다.

바클란 군단.

　[퀘스트 '여왕님, 여왕님'이 발생 했습니다. (나이트 습격)]

　[여왕님, 여왕님 (퀘스트)]

　바클란 군단의 최초의 여왕이 군진을 장악한 이래로, 나이트 습격 대원들은 강인한 훈련을 마쳐 왔습니다. 훈련에 더불어 악신 둠 카오스가 선사한 힘은 나이트 습격 대원들을 불굴의 전사로 재탄생 시켰습니다.

　임무: 1일 차 나이트 습격을 방어하라.

　보상: 경험치 및 빌드 점수]

사파는 첨탑에 올라서 항전의 순간을 대비하던 중이었다.

그러던 그의 표정이 심각하게 굳어졌다. 시꺼멓게 몰려오는 적들의 틈에서 포착되는 게 있기 때문이었다. 그것은 그 많은 적들 중에서도 확연하게 돋보이는 위험스러운 존재였다.

[바클란 군단의 최고 지휘관, 신경아 (종족)]

[거리가 닿지 않습니다. (스킬, 개안)]
[거리가 닿지 않습니다. (스킬, 개안)]
……
[당신의 능력으로는 대상을 간파 할 수 없습니다.
(스킬, 개안)]

[부길드장 사파: 칼리버 님!]

대답은 메시지가 아니라 사파의 등 뒤에서 바로 육성으로 나왔다.
"호들갑 떨 것 없으."
사파가 고개를 돌린 그쪽에는 완전무장한 성일이 서 있었다.
금빛 기운이 어른거리는 흉갑도 그렇지만 성일의 전신을 감싸 도는 정체불명의 기운 또한 가공스러운 것이었다.

[열정자 9단계 (특성 효과)

육체와 정신 그리고 영혼을 보호하는 강력한 방어 체계가 완성 되어 있습니다.

* 전투가 지속 되는 한 9단계 효과는 계속 유지 됩니다.

* 전투가 중단 될 시, 최대 유지 시간은 1시간입니다.]

"너희들은 방비에만 신경 쓰. 저것은 내가 처리할 텡게……."

그런데 왜일까. 사파는 그렇게 말하는 성일의 모습이 어쩐지 고통스러워 보였다. 적을 앞두고 두려움에 빠져 버릴 칼리버 님이 아니신데.

정말로 성일의 얼굴에선 그런 고통스러운 감정이 묻어나왔다.

[길드: 마리가 합류했습니다.]

"염마왕 쪽도 그렇고 네 쪽도 그렇고. 이것들이 우리 팔부터 잘라내고 시작하려 하네. 지들 본토가 불타는 건 생각도 않고."

"누님?"

성일은 놀란 눈으로 연희를 쳐다보았다. 온몸에 피 칠갑이 되어 있는 그녀에게선 바클란 군단의 피 냄새가 그득했다.

"아루쿠다는 뒈졌어, 성일아. 세뇌를 풀 수 있을 거야."

『왜. 선후가 이런 상황 하나 예상 못 했을까 봐?』

성일의 얼굴에 머물렀던 고통은 그렇게 잠깐이었다. 성일은 몸을 틀었다.

떠나는 발걸음이 무겁지만, 그분이 치르시고 있는 싸움을 생각하면 한시가 급한 때였다.

1초라도 앞당겨서, 하나라도 더 많은 빛기둥을.

『그럼 부탁허요. 누님!』

*　　　*　　　*

"염마왕 쪽도 그렇고 네 쪽도 그렇고. 이것들이
우리 팔부터 잘라내고 시작하려 하네. 지들 본토가
불타는 건 생각도 않고."

성일은 마리 누님의 말을 생각해 보았다. 염마왕 쪽은 단정 지을 수 없지만 적어도 마리 누님이 치르고 있는 최후의 장은 자신이나 다른 각성자들과는 다른 게 틀림없었다.

누님에게서 풍겨 나온 바클란의 피비린내가 아직도 자신의 콧속 점막을 자극하고 있었다.

'바클란 군단의 본토에서 오신 거였구만.'

마리 누님의 최후의 장은 몬스터들의 본토였다. 즉, 마리 누님의 임무는 적들의 본거지로 직접 침투하여 나이트 습격에 투입될 화력들을 사전 제거하는 데 있는 것이었다.

'바클란 군단의 본토라……'

거긴 자신에게 여러모로 의미가 깊은 곳이었다.

"그 짝은 마리일 것이여. 참말로 많이 들었구만. 나, 권성일이여."

"당신을 좋게 봐 줬나 보네. 날 마리라고 불러도 좋아."

마리 누님과 첫 만남을 가진 땅이었고.

[지배된 인간 여성이 파티에서 추방 되었습니다.]

한때 마음을 줬던 여자를 잃게 된 땅이었다.

"성일 오빠."

이제는 어떤 얼굴이었는지, 어떤 목소리였는지도 잘 생각나지 않는다.

자신을 그렇게 불렀던 것만 기억될 뿐. 그래도 당시에 그녀를 잃었던 상실감만큼은 아직까지도 가슴 한구석에 흉터로 새겨져 있었다.

그녀에게 줬던 마음이 연정이었든 전우애였든, 무엇이었든지 간에 그녀는 처음으로 잃은 자신의 사람이었다. 이수아.

바클란 여왕.

[경고: 레드 존에 진입하였습니다. 각별히 주의하십시오.]

성일은 상념을 깨고 나오며 감각망을 퍼트렸다. 잠깐 자리를 비운 사이에 애써 뚫어 놓았던 길이 몬스터들로 다시 채워져 있었다.

인근에 배치되어 있었던 몬스터들이 합류한 것이었다.

'그라도 함정꺼정 복구된 건 아니니께.'

그때 인도관 루루아가 나타났다. 소리가 났다면 뿅, 하듯
이.

　　[조마조마해 죽는 줄 알았다구요. 너무 늦으신 거
아녜요? (｡◕ˇдˇ◕｡)]

"고걸 보고만 있었던 거여? 기껏 뚫어 놨더니만."

　　[우리 루－세아 일족은 정신과 공간 장악 능력에 특
화되어 있는 것이지, 누구처럼 무식한 힘을 가지고 있진
않답니다. 그러게 남은 코인 좀 풀어 주시라니까.]

"제사장 양반. 정신 지배는 폼이여?"

　　[벌써 힘을 낭비했다가 보스전에선 어떻게 하려구
요? 저 루－루아에게도 다 생각이 있다는 걸 알아 두
세요.]

"됐다. 소귀에 경을 읽히지."

[네? 경이요?]

"니 똥 굵다고, 쓰벌아."

성일은 감정을 낭비해선 안 되다고 되새겼다.

벌써부터 그러지 않아도 머지않아 신경 곤두선, 감정의 늪에서 허우적거리게 될 것이다.

열정자 9단계를 유지하려면 전투가 끝난 이후부터 다음 전투까지 한 시간을 벗어나면 안 된다. 쪽잠은 한 시간 미만으로.

아무리 첼린저의 초인적인 육체라도 수마(睡魔)는 어쩔 수 없는 것인데, 한 달 넘게 잠을 자지 않았다시피 했던 그분의 의지는 돌이켜보면 돌이켜볼수록 경악스러운 것이다.

조만간 자신이 그러한 시험대에 오를 예정이었다. 그 전에 보스 몬스터인 빛기둥 수호자가 문제겠지만.

[길드: 마리가 이탈 하였습니다.]

[칼리버: 아따 누님, 바로 끝내 버렸소?]

[마리 누님: 신경아는 안정을 찾을 때까지 내버려 둬. 건들지 말고. 그리고 먼저 가야 해서 미안.]

＊　　　＊　　　＊

1차 나이트 습격이 시작된 지 세 시간 정도가 지났을 무렵.

[경고: 도시(3)이 위태롭습니다.]
[경고: 도시(6)이 위태롭습니다.]

[도시(5)의 시장, 에이지: 마스터 1명 다이아 1명. 이쪽은 여유 있습니다.]
[도시(7)의 시장, 마스코: 다이아 2명. 플래티넘 1명.]

[도시(6)의 시장, 료코: 동문 쪽으로 와 주십시오.]

[부길드장 사파: 별동대는 도시(3)으로! 그 외 도시들에선 여유 자원으로 보급하라.]
[공격대장 시구르드손: 출진.]

성일은 메시지를 외면했다. 이대로 레드존을 계속 돌파해 나가는 것이야말로 휘하들을 돕는 방법이기 때문이었다.

그가 몸을 띄우자, 그가 서 있던 자리가 큼지막하게 함몰되었다.

그 안에선 바클란 군단의 주술이 일어났다. 거대 식물의 뿌리지만 스스로 살아 움직이는 그것은, 그 자체로 거대 몬스터라 확정 지어도 틀리지 않다.

그것은 공격해야 하는 대상을 잃고 허우적거렸다.

'옭아매는 죽음 뿌리. 바클란 갈색 맹독, 대자연의 공포증.'

[이쪽이에요.]

성일은 자신에게 달라붙으려는 루루아를 뿌리치지 않았다.

루루아가 일으키는 힘에도 저항하지 않았다. 루루아를 근원으로 일어난 공간의 흐름은 성일을 다른 공간으로 옮겨 놓았다.

거기에는 늙은 바클란이 있었다. 바클란 군단 특유의 단단한 근육은 이미 오래전에 퇴색되어 버렸는지 온 살이 볼품없이 늘어져 있었다.

살 사이사이로 이끼들이 껴 있었으며 실제로 얼굴에 도드라져 있는 것 전부는 버섯과 같은 어느 균류의 식물체들이었다.

발견하기가 어려웠지, 발견하고 나서는 문제 될 게 없었다.

성일의 주먹이 늙은 바클란의 정수리에 수직으로 작렬했다.

퍼억!

[바클란 군단의 고위 자연술사를 처치 했습니다.]
[평판 2를 획득 하였습니다.]

[레벨업 하였습니다.]
[레벨: 520]

[길드: 길드장 칼리버가 퀘스트 '자연의 일부가 되어버린 그것들'을 완료하여 빌드 점수 2200을 획득 했습니다.]

[부길드장 사파: 감사합니다. 도시(6)에서 사용하라.]
[도시(6)의 시장, 료코: 살았습니다! 무적 칼리버!]
[도시(2)의 시장, 아게르: 무적 칼리버!]
[도시(7)의 시장, 마스코: 무적 칼리버!]

[길드: 도시(6)이 쇠약화 저주 첨탑(LV.3)을 치명적인 쇠약화 저주 첨탑(LV.4)로 업그레이드 하였습니다.]

[길드장 칼리버: 본인이 죽으믄 혼자 뒈지고 끝나는 것이 아니여. 나아가 우리 길드 전체로, 나아가 그분께도. 죽을 각오로 싸우라는 것이지 참말로 뒈져 버리면 안 된다잉.]

[도시(2)의 시장, 아게르: 무적 칼리버!]

[도시(7)의 시장, 마스코: 무적 칼리버!]

......

[도시(1)의 에이타: 무적 칼리버!]

[무적 루ー루아! ٩(๑`ȏ´๑)۶]

성일은 루루아를 향해 피식 웃어 버렸다. 어지간히도 마음에 안 드는 잡것인 것은 분명하지만 보탬이 되고 있었다.

자연과 완전히 동화되어 버리다시피 한 몬스터를 찾는 것은 자신이라도 꽤 애먹을 일이었다. 과거의 그분께서도 이런 것들 때문에 솔찬히 애를 먹으셨을 것 같았다.

"그려. 잘했으. 이 기세로 1일 차 만에 끝내 버리는 거여. 알겄냐?"

[무적 루─루아! ٩(๑`ȏ´๑)۶ 무적 루─루아! ٩(๑`ȏ´๑)۶
무적 루─루아! ٩(๑`ȏ´๑)۶ 무적 루─루아! ٩(๑`ȏ´๑)۶ 무
적 루─루아! ٩(๑`ȏ´๑)۶ 무적 루─루아! ٩(๑`ȏ´๑)۶]

"……잘한다, 잘한다 해 주니까 아주 지랄 발광이 나셨
구만."

[저 무적 루─루아의 진가를 깨달았지요? (๑➜ Ս ‹)
♪]

어쨌든 이번에도 들어온 경험치가 상당했다. 솔직히 연
달은 레벨 업이 자신의 피를 들끓게 하고 있는 것은 사실이
다.

그러나 경험치뿐만 아니라 빌드 점수까지, 그 모든 것들
은 그분이 선사하는 힘이었기에 성일의 표정은 그리 밝지
않았다.

그린우드 대륙을 질타할 때에도 그랬다. 적들을 처치할
때마다, 퀘스트를 완료할 때마다 과거와는 차원이 다른 경
험치가 들어온다.

그 법칙은 여기에서도 달라지지 않았다.

진실을 알게 된 이상, 마냥 즐겁게 받아들이긴 힘든 일이었다.

그때 늙은 바클란의 시체에서 그것에게 없어야 할 물건이 발견되었다.

[이지스의 강화 귀걸이 (아이템)

바클란 고위 자연술사가 전리품으로 차지하고 있었던 물건입니다.

시작의 장, 2막 1장의 본 무대에서 전사한 한 각성자의 주력 아이템으로 보입니다. 사용된 흔적이 있습니다.

아이템 등급: S

아이템 레벨: 490

효과: 정신 저항력 + 15% 영혼 저항력 +15% 체력 + 50 민첩 + 50

* 착용시, 스킬 '이지스의 시선' 강화]

성일은 걸음을 옮기면서 확인했다.

[오오옷! 그거 엄청 좋아 보이는데요? 헤헤. 저 무적 루—루아가 착용한다면 칼리버 님을 보다 확실하게 보조할 수 있지 않을까요?]

[주세요. 네에? 네에? 같이 잡은 거잖아요. 저 무적 루—루아에게도 권리가 있답니다.]

"이거 누구 물건인지 알으?"

[2막 1장에서 얼마나 많은 각성자들이 죽었는데. 저 무적 루—루아라고 그걸 다 어떻게 알겠어요.]

"원래 귀물은 알아서 주인을 찾아간다고. 이건 마리 누님께 들어갈 물건이었구만."

[마리 누님 이라시면…….]

"사태 파악 됐으믄 짜그라져 있으. 신성 모독 말고잉. 아따 그거 입에 착착 달라붙네. 신성 모독. 신성 모독 마라잉."

[그, 그럼 저 무적 루—루아의 공로도 함께 전해 주세요. 꼭이요.]

"근디 니 언제까지 무적무적 거릴래? 쓰벌, 그거 내 껀디."

퍼억! 퍼퍼퍼퍼퍽!

루루아는 피할 새도 없었다. 루루아가 그 작은 눈을 질끈 감았다 떴을 때, 바닥에는 십수 구의 바클란들이 죽어있었다.

[바클란 전문 암살대를 처치 하였습니다.]

"정신 똑바로 안 챙기믄 골로 가는 수가 있다잉. 말혀봐. 이제 누가 무적이지?"

[무적 루ー루아 ٩(๑`ô´๑)۶]

"그라고 보면 오딘께선 참 자비로우셔."

[네?]

"말을 말자, 말어."

*　　　*　　　*

고위 자연술사의 영역에서 벗어난 이후, 성일은 탐색전을 가지고 있었다.

무작정 빛기둥만을 바라보고 달리는 것이 능사는 아니기 때문이었다.

군단급 규모를 갖추고 추격자나 추격꾼 같은 이들을 앞세우고 있다면 문제 될 게 없었다. 그러나 혼자서 모든 역할을 다 수행해야 하는 현재로서는 염두에 둬야 할 게 한두 가지가 아니었다.

고위 자연술사만 해도 그러한 족속 중에 하나였지 않았던가.

몸은 서둘러 움직여야 할지언정, 뇌리는 차분해야 한다.

역시나 감각망에서 포착된 바클란들의 움직임이 심상치 않았다.

이수아와 신경아가 바클란 진영에 가담한 이후부터 이것들의 전략이 나날이 섬세해지던 건 어제오늘만의 일이 아니었다. 하물며 함정은?

빛기둥에 거리를 좁혀 갈수록 바클란의 방비책도 괴악하게 나타났다.

'과거의 그분께서도 한 달이나 걸리셨던 일이여. 7층, 8

구역의 결계로 나눠졌던 걸 감안해도…… 쓰벌, 하루 만에 끝내긴 힘들겠네잉. 이틀은 봐야 쓰겠는디.'

성일은 본격적으로 전방을 뚫기 전에 남은 일이 있었다.

[칼리버 : 누님. 소대가리들 본토에 있는 거요?]

[마리 누님 : 말했던가?]

[칼리버 : 척 하면 딱 아니오. 잠깐 여유가 있는지 모르겠소. 다름이 아니라 기똥찬 거 하나 주웠수다. 아이템 레벨만 보믄 누님의 격에는 맞진 않긴 한디, 누님이 차믄 SSS 급이 될 그런 거요. 흥분해서 말이 쪼까 길어졌구만요. 누님이 직접 보고 판단하쇼.]

다시금 확신하건대, 마리 누님의 임무는 몬스터들의 본토에서 나이트 습격에 투입될 것들을 찾아 제거하는 것이다.

마리 누님이 성과를 내면 낼수록 나이트 습격의 위험도는 줄어들 것이며 이는 곧 그분의 승리와도 직결되는 일!

성일은 이것으로나마 자신이 받고 있는 힘들의 보답이 되었으면 했다. 비록 우연히 입수하게 된 것이라도.

[거래를 신청 하였습니다. (대상: 마리 누님)]

[아이템 '이지스의 강화 귀걸이'를 '마리 누님'에게
제안 했습니다.]

돌아온 대답은 육성이 아니었으나 마리 누님의 놀란 감
정을 충분히 느낄 수 있었다. 성일은 역시, 하고 생각했
다.

[마리 누님: 어디서 났어?]
[칼리버: 내 말이 맞지라? 누님에게 아주 제격 아니
요.]
[마리 누님: 이런 게 다 있었구나…….]
[칼리버: 이 물건의 본 주인이 지금꺼정 살아 남았
다믄 누님의 라이벌이 됐을 거요. 뭐, 말이 그렇다는 거
지 누님께는 상대도 안 됐겠지만.]
[마리 누님: 이악(二惡)…….]
[칼리버: 예?]
[마리 누님: 그것보다 이런 대박 템을 맨입으로 받
을 순 없지.]
[칼리버: 아니여요. 우리가 남이간요? 피만 안 나눴

지 누님은 내 혈육이나 마찬가지요. 누님도 그리 생각
해 준다면 증말로다, 더 바랄 게 없수다. 어여 받어요.]

['마리 누님'이 아이템 '뭉족 노신(怒神)의 클로'를 제
안하였습니다.]
['이지스의 강화 목걸이'를 '뭉족 노신(怒神)의 클로'
와 교환하겠습니까?]

[마리 누님: 것도 S급이야. 너 잘 따르는 똘똘한 애
한테 줘. 그것 말고도 쓸 만한 거 찾으면 너한테 보낼
게. 알아서 처분해. 자원 하나가 아쉬운 때잖아.]
[칼리버: 알겠수다.]

성일은 더 이상 거부하지 않았다. 자원 하나가 아쉬울 때
라는 말은 사실이었으니까.
들어온 아이템을 확인하고 나서였다. 아이템 이름 접두
에는 '뭉족 노신'이라는 이족의 전통적인 신 이름이 붙어
있긴 하지만.
분노의 힘으로 능력을 일시에 끌어올리는 전반적인 효과
만큼은 이쪽에서 '혜라'라는 이름으로 잘 알려진 것이었다.
성일은 한 점 고민할 게 없었다. 비록 자신의 라이벌일지

라도 말이다.

　　[칼리버: 나다, 칼리버. 그짝 주력 스킬하고 딱 맞는 거 입수했으. 클로, 마침 그 짝이 잘 쓰는 유형이기도 허고. 딱이지.]

　　[헤라: 칼리버?]

　　[칼리버: 왜. 우리나라 말로 해 주랴? 허기사, 우리나라 말 공부 열심히 한다지? 기특혀.]

　　[헤라: 무슨 속셈이지?]

　　[칼리버: 그짝도 혼자 빛기둥 파괴할라믄 고생이 이만저만이 아닐 것이여. 긴말 끌 것 없고.]

　　[거래를 신청 하였습니다. (대상: 헤라)]

　　[아이템 '뭉족 노신(怒神)의 클로'를 '헤라'에게 제안했습니다.]

성일은 마지막으로 이렇게 전하며 지면을 박찼다.

　　[칼리버: 꽁짜여.]

                        *   *   *

거체가 쓰러지며 먼지가 일어났다.

성일이 한 발로 그것의 가슴을 짓밟자 그것에 나 있는 상처들에서 많은 피가 솟구쳐 나왔다.

그 많은 핏물들은 끝이 목전에 이르렀다는 신호탄이었다. 성일은 그것의 저항을 뿌리치면서 그것의 대가리를 움켜쥐는 데까지도 성공했다. 그러고는 있는 힘껏 끌어당기면서였다.

이내 괴물의 대가리가 뜯겨져 나오며 목 아래로도 더 많은 핏물을 쏟아 냈다.

레벨 업 메시지와 함께.

　　[길드: 길드장 칼리버가 빛기둥 수호자를 처치 하였
　　습니다.]

성일은 눈살을 구겼다. 빛기둥을 지키고 있는 괴물은 생각보다 강했다.

열정자까지 보태진 자신이었기에 큰 어려움 없이 해치울 수 있었던 것이지, 다른 무대의 첼린저들은 고전을 면하기 어려울 것 같았다.

괴물의 시체를 내려다보는 자세 그대로 그의 두 팔 또한

자연스럽게 양 무릎에 올려졌다. 그는 굽어진 자세로 한참
동안 숨을 몰아쉬다가 허리를 폈다. 그때도 그룹원들의 응
원 메시지들이 솟구치고 있었다.

[부길드장 사파: 수고 하셨습니다.]
[도시(2)의 시장, 아게르: 수고 하셨습니다.]
[도시(3)의 시장, 미카엘: 수고 하셨습니다.]

천공을 향해 수직으로 쭉 뻗어 올리고 있었던 빛기둥은
사라졌다.

**[전체: 길드 '칼리버와 결사대'의 칼리버가 빛기둥을
최초로 파괴 하였습니다.]**
**[전체: 최초 파괴 보상으로 칼리버에게 10만 코인이
지급 됩니다. 다른 각성자 여러분들께서도 분발해 주십
시오. 다음은 보상 내역입니다.]**

**[전체: 최초 파괴 보상 — 10만 코인
차순위 파괴 보상 — 5만 코인
차차순위 파괴 보상 — 3만 코인]**

[전체: 이는 공지된 보상일 뿐, 각성자 여러분들의 실적에 따라 숨은 보상들이 많이 안배되어 있다는 점을 명심해 주십시오. 시스템은 여러분들은 전적으로 응원하고 있습니다.]

빛기둥을 파괴하기까지 걸린 시간은 꼬박 이틀 반이었다.
"모두 500개라 혔지?"
성일이 혼잣말로 중얼거리듯이 내뱉은 그곳에 루루아가 나타났다.

[이제 499개 남았죠.]

"오케이. 바로 다음 판으로 가자고."

*   *   *

[지역: 길드 '칼리버와 결사대'가 합류 했습니다.]

[지역: 길드 '구원자의 도시민들(11)'은 길드 '칼리버와 결사대'의 휘하로 배정 됩니다.]

"니들 짭이었냐?"

"마음만은 항상 그들과 같았습니다. 아무쪼록 칼리버님을 모시게 되어 영광입니다."

그렇게 대답한 사내는 목숨을 부지했다는 기쁨으로 가득 차 있었다.

당장 성일의 눈앞에 있는 이들뿐만 아니라, 이번 무대의 본 주인들이었던 모든 이들이 성일의 합류에 열광하고 있었다.

[도시(1)의 미구엘: 칼리버 님이 오셨다! 다른 누구도 아닌 칼리버 님께서!]

[도시(5)의 카푸: 무적 칼리버! 칼리버 님을 뵙습니다.]

[도시(3)의 아이쉬와라: 전 무대 최초로 빛기둥을 파괴하신 점, 진심으로 감축드립니다.]

[도시(2)의 양미: 이 순간만을 고대하며 사투를 버틸 수 있었습니다. 무적 칼리버!]

[도시(8)의 칼람 네루: 무적 칼리버!]

본래 인원 중 반 이상이 전사했다. 곳곳에 금이 간 성벽들은 작은 충돌만으로도 그 즉시 허물어질 것처럼 보였다.

그들은 돌아오는 나이트 습격에선 절멸을 피할 수 없는 상황이었다.

때문에 메시지에 담긴 열광의 분위기는 하늘을 찌를 듯이 솟구쳤지만, 그 시간은 잠깐이었다. 그들로서는 처음 보는 경고 메시지가 찬물을 끼얹었다.

[경고: 데클란 군단에서 칼리버 권성일을 인지하고 있습니다.]

[경고: 나이트 습격의 위험도가 상승 하였습니다.]

[길드장 칼리버: 쫄 것들 없으. 빌드 점수는 내가 채워 줄 텡게.]

성일은 식량을 입에 쑤셔 넣으며 발걸음을 서둘렀다.

[칼리버: 누님. 바쁠 테니 듣기만 하쇼. 직전에도 그랬고 이번에도 그리고 앞으로도 계속 이럴 것 같수. 둠 카오스 쓰벌넘이 나를 계속 특정하고 있수.]

[칼리버: 저번에는 신경아를 보내왔지만, 이번 무대는 개 대가리들, 데클란 군단이 상대란 말이오. 근디 개 대가리들의 대빵이 둠 카소 아니요?]

[칼리버: 그래서 하는 말이요. 둠 카소가 나타나믄
누님이 좀 도와주쇼.]

[마리 누님: 둠 카소는 염마왕이 전담하고 있어.]

과연, 크게 네 개의 전장이 진행되고 있었다.

첫 번째 전장, 그분과 둠 카오스.
두 번째 전장, 빛기둥을 둘러싼 최후의 장.
세 번째 전장, 몬스터들의 본토를 습격하는 마리 누님.
네 번째 전장, 염마왕과 둠 카소.

세 번째와 네 번째 전장이 두 번째 전장을 지탱해 주고,
두 번째 전장이 첫 번째 전장을 지탱해 주는 형식으로 구성
되어 있는 것이다.
염마왕이 둠 카소를 막고 있기에.
마리 누님이 몬스터들의 본토에서 종횡무진하고 있기에.
나이트 습격의 위험성이 이 정도로 그쳐 있었던 것이다.
그러한 조건들이 제거된다면 본래의 나이트 습격이 얼마나
가공했을지는 당장 생각해 내기가 어려운 일이다.

[칼리버: 과분한 기대에 꼭 보답하고 말겠어요.]

[마리 누님: 응?]

[칼리버: 오딘께서 이 성일이를 얼마나 믿어 주시는지 다시금 알겠단 말이요. 답변 고마워요, 누님.]

[마리 누님: 서둘러 줘. 최선을 다하고 있겠지만 그 이상으로.]

[칼리버: 또 연락 드리겠수.]

                    *   *   *

그날도 빛기둥을 파괴하고서 새로운 무대로 진입한 날이었다.

[* 전공 (빛기둥 파괴)]

[1위. 칼리버 : 12개

 2위. 신경아: 5개

 3위. 헤라: 4개

 4위. 이태한: 4개

 5위. 아폴론: 1개

 6위. 하데스: 1개]

성일은 의식적으로 눈에 힘을 주고 있었다. 잠깐 눈 좀 붙인답시고 눈꺼풀을 닫을 새면 눈 전체로 열기가 번지며 잠기운이 쏟아져 오고 만다.

발이 땅에 닿을 때마다 전해져 오는 감각은 새삼 커져 버려서 관자놀이를 비롯해 두뇌 전체를 흔드는 듯한 기분이었다.

날카로운 바늘로 두뇌 피질을 콕콕 찔러 대는 것 같은 예민함인데, 정작 온몸은 한없이 무거울 따름이었다.

폭발적인 성장에도 불구하고 태생적 한계는 어쩔 수 없는 것!

성일은 새로운 얼굴들에게 눈알을 부라렸다.

꺼져.

그런 의미가 명백한 위협의 눈초리가 번뜩였다.

그를 환영하고 있던 이들은 순간적으로 오금이 저리는 공포를 느꼈다. 소문으로 알고 있었던 그 '칼리버'와는 너무도 다른 인상이었다.

성일이 잠깐 눈 붙일 곳을 찾아 루루아와 함께 사라졌다.

그제야 사정도 모르고 들떠 있던 메시지 창들과는 달리, 성일이 자아냈던 공포감에 짓눌려 있던 장내에 조금이나마 숨통이 트였다.

이번 무대의 책임자였던 여자는 성일의 부길드장 사파와 최종장에서 안면을 튼 사이였다. 그녀가 사색이 된 얼굴로 조심스럽게 입술을 뗐다.

"역시 소문은 믿을 게 못 되는군요. 마치 오시리스 님을 뵙는 것 같아서 혼났습니다."

압도적으로 강한 지배자들의 적의(敵意)를 면전에서 받을 때면, 정말로 머릿속이 새하얘지며 죽음밖에 생각이 나지 않는 것이다.

직전에 그녀가 칼리버의 눈빛에 받았던 공포가 바로 그러한 것이었다.

"칼리버 님의 신경에 거슬리는 일이 없도록 주의해 주시오. 지금껏 한숨도 주무시지 않으셨소."

"지금껏이라면?"

"무대가 시작되고 나서부터 지금까지 말이오."

"열흘이나요?"

"식사는 삼십 분 후에 맞춰 소화에 편한 수프 종류로 준비해 두고, 그동안 칼리버 님의 숙면에 방해가 되는 것들은 모조리 치워 두시오."

그 외 준비물들이 차례대로 언급됐다. 그러나 사파의 말이 끝날 때까지도 여자는 처음 받았던 충격에서 벗어나질 못했다.

그녀가 기회를 엿보다 물었다.

"……첼린저의 지배자들께선 열흘이 넘도록 안 주무실 수 있으신 건가요."

"그런 건 헤라에게나 물어보고, 말해 뒀던 거나 차질 없이 준비해 두시오. 이제 칼리버 님께선 첼린저가 아니실 테니까."

아!

하기야, 열 개가 넘는 빛기둥을 홀로 파괴해 왔다면 거기까지 도달하면서 들어온 경험치가 얼마나 막대할지는…….

여자는 경이로운 시선으로 칼리버가 사라진 방향을 좇아보았다. 그 방향 끝에선 벌써 코 고는 소리가 들려오고 있었다.

[일어나세요. 일어나세요. 말씀하신 시간이 다 됐답니다, 칼리버 님.]

잠이 덜 깬 눈을 비빈다든지, 모처럼 만의 잠을 깨운 죽일 것에게 응징을 가한다든지.

성일에게는 그런 중간 과정이 없었다. 눈을 부릅뜨자마자 즉각!

그가 본인 곁에 놓여 있던 물과 식량들을 쓸어 담듯이 하고는 밖으로 뛰쳐나갔다.

그가 정말로 말수를 잃어버린 걸 따져 보자면 엔더 구간에 진입한 이후부터였다. 온 한계를 돌파하며 감각망을 통제할 수 없게 된 당시에, 우연히 느껴 본 영역이 있었다.

그 영역은 본연의 감각이 죄다 폭발하여 인지 능력이 전과는 비교할 수도 없을 정도로 치솟은 상태에서만 진입이 가능한, 초월의 영역이었다.

거기에선 세상만사가 한없이 느려졌다. 거기에 머물러 있었던 순간은 잠깐이었으나 너무도 확연해서 의심할 여지가 없었다.

그 영역에서는 1초가 수백 시간, 수십 일이 될 수 있었다.

하물며 그 영역은 어디까지나 성일 자신의 수준에서 판단이 가능한 영역이었지만 그보다 더 높은 영역에서 존재할 그분의 신격까지 고려한다면.

자신이나 각성자들이 보내왔던 지난 열흘이 그분께는 억겁(億劫)의 세월이 될 수도 있는 것이었다.

아니, 그렇게 되고 있는 것이 틀림없었다. 그게 어떤 고통일지는 감히 상상조차 할 수 없는 싸움. 그에 비하면 수면 부족 따위는 자신이 반드시 이겨 내야 할 적에 불과한 것이다.

그때도 성일은 의식적으로 눈에 힘을 가했다. 무거운 눈꺼풀에 대항하여.

또다시 수마가 쏟아지고 말겠지만 한 번의 고비를 넘기면 다음번 고비가 올 때까지는 어떻게든 달려 나갈 힘이 생겨나기 마련이다.

그렇게 그사이에 빛기둥 하나를 또 박살 내는 거다. 사나이 권성일, 엔더를 찍었으니께!

'이제야 쫌 속도가 나기 시작허요. 이 기세로 남아 있는 빛기둥은 물론이고 낙오된 무대들의 것들까지 이 성일이가 죄다 치워 버리겠소. 그러니 부디 당신께서도 지지 마소.

둠 카오스 쓰벌넘한테든, 영원같이 긴 세월에서든.'

성일의 시선이 천공으로 향했다.

그분의 격전지가 저 천공 어딘가에 펼쳐져 있을 것이다.

Chapter 7.

[길드 '칼리버와 결사대'의 칼리버가 빛기둥을 파괴
하였습니다.]

[1위. 칼리버: 13개]

긴 세월을 뚫고.

간혹 이런 순간이 찾아오기에 그리도 긴 싸움을 버틸 수
있었던 것이다.

과연 천공으로 놈이 빛기둥 하나를 잃으며 만들어진 틈
이 엿보였다.

놈의 병사들을 제거하며 거기로 진입하는 데 성공했을 때.

놈을 눈앞에 둘 수 있었다.

잘려 나간 줄기 하나에 미련을 버리지 못하는 것처럼 보였다. 바깥의 전황이 내게 유리하게 돌아가고 있음을 모를 수 없기 때문일 것이다.

[강화된 염마왕의 화염옥을 시전 하였습니다.]

실로 오랜만에 그자가 만들어 낸 기회 덕분에 가능한 일격이었다.

시스템 사용자, 칼리버.

칼리버의 진짜 이름은 권성일이다. 권성일, 권성일, 권성일.

그자와는 시작의 장에서 처음 만났고, 그는 마지막까지 일관된 충성심을 보여 주었던 측근 중에 하나였다. 시작의 장에서 처음 만났고 일관된 충성심을 보여 주었던 측근 중에 하나. 시작의 장에서 처음 만났고…….

그 외 다른 측근들로는 조슈아가 있다. 조슈아라는 이름의 측근은 본인을 희생하여 최후로 향하는 관문을 열어 주었다.

풀 네임은 조슈아 폰 카르얀, 조슈아 폰 카르얀, 조슈아 폰 카르얀.

마찬가지로 조나단이라는 이름을 쓰는 측근도 있었는데,

스킬 '강화된 염마왕의 화염옥' 의 염마왕이 그자가 쓰는 코드명이었다.

풀 네임은 조나단 헌터. 조나단 헌터. 조나단 헌터.

그리고 남은 두 측근의 이름 중 하나는 우연희. 측근들 중에서는 유일한 여성으로 내 사랑을 받은 여자다. 우연희. 우연희. 우연희.

마지막 측근은 처음으로 나를 신격(神格)으로 숭상하였던 이로써 임대한이라는 이름을 쓰고 있다. 임대한. 임대한. 임대한.

그렇게 나를 나로 있게 만들어 주는 마법의 단어는 그렇게 총 다섯 개였다.

권성일, 조슈아, 조나단, 우연희 그리고 임대한.

너희들을 기억한다.

끝이 없는 이 싸움에 정말로 끝이 도래하는 날까지.

*   *   *

지금 당장은.

놈의 병사들을 죽일 수 있을 때 최대한 죽여 놓아서 지금껏 입은 손실을 놈에게도 똑같이 되돌려 줄 수만 있다면 그것만으로도 나쁘지 않다.

놈이 화염옥에 갇혀 있는 시간이 바로 살육의 시간이었다.

　[발키리들이 둠 카오스의 병사들을 처치하고 있습
　니다.]

그때 나는 불길을 사이에 두고 놈과 공방을 주고받고 있었다.

이윽고 놈의 손아귀가 화염옥을 뚫고 불쑥 뛰쳐나왔다.

녹아내린 피부 따윈 금방 아물어지는 모습을 보이는데, 나라고 그 기세에 움츠러들 까닭은 없었다.

놈의 손아귀가 목을 움켜쥐려는 찰나에 나 또한 화염옥 속으로 팔을 집어넣었다.

손끝으로 놈의 목이 닿았다. 그다음으로 놈의 손아귀가 먼저 내 목을 조여 오는 것이었다. 죽음 특성의 고통스러운 기운이 목 전체로 스며들어 오면서 눈꺼풀이 파닥거렸다.

그때 놈의 목 역시 내 손아귀 안에 가득 쥐어 차 들어왔다.

우리는 서로의 목을 움켜쥔 채 공격을 멈추지 않았다. 한 팔이 묶여 있었어도 우리의 팔다리를 대신할 것들은 얼마든지 많았다.

내가 만들어 낸 발키리들이나 놈이 쏟아 내는 병사들도 그러한 일부 중 하나에 지나지 않았다.

화염옥의 불길이 사그라들면서 놈의 눈알을 통해 거기에 비친 내 자신을 또렷이 볼 수 있었다. 아니, 보려고 노력했다.

내가 누구인지 잊지 말아야 하니까. 놈처럼 될 수 없으니까.

내가 어떤 얼굴을 하고 있는지 지금에야말로 눈에 담아 둘 생각이었다. 하지만 그 시간은 너무도 빠르게 지나갔다.

입술 사이로 쉰 소리가 크어어어 하고 흘러나올 무렵.

우리에게서 피처럼 흘러나왔던 기운들이 한 덩어리가 되어 한참 동안 힘을 겨루더니, 이내 서서히 사라져 가기 시작한다.

거기까지 치닫는 동안 우리는 서로에게 다양한 생채기를 남겼다.

하지만 우리의 허물을 완전히 벗겨 버리기에는 놈이나 나나 역부족이란 걸, 지난 싸움들에서 무수히 학습해 온 바 아니던가.

놈이 내 손아귀에서 빠져나가기 위해 고개를 비틀며 제 목의 피부를 또 하나의 무기로 사용하려는 움직임을 보였다.

나는 그때를 기다렸다가 뒤쪽으로 나를 잡아끄는 인력
(引力)을 생성했다. 놈 역시 그 인력의 중심으로 무엇이 만
들어질지 가늠할 수 없기에, 나를 놓아줄 수밖에 없었다.

신성의 사슬들이 그쪽에서 자라났다. 놈을 묶어 둘 목적
으로 만들어 낸 속박체.

발키리들에게 쥐여 준 무장들보다 더 강한 속박의 힘으
로 완성된 것이었다.

츠르르르.

사슬이 풀려나면서 나는 온갖 소리들이 나를 지나쳤다.
놈을 향해 쇄도한다. 뇌력과 불씨 또한 비산시키는 그 많은
것들.

하지만 이미 실패한 공격이다. 그중 무엇도 놈에게 닿을
리는 만무한 것이다.

놈의 판단은 탁월했다.

놈이 사슬 끝의 낫을 쳐 대며 순간순간 거리를 좁혀 대
는데, 그때마다 나를 노려보는 놈의 시선이 걷잡을 수 없이
커져 간다.

그러다 놈의 그 음침한 광기가 한 기점에서 폭발하는 순
간이 오고야 만다.

바로 지금이었다.

내게 곤두박질치더니, 놈의 전신이 안개 같은 기운으로

변해 사방으로 흩어졌다.

[경고: 둠 카오스가 권역을 다시 형성 하고 있습니다.]

놈의 첫수는 반격이든, 먼저 시작한 공격이든 대개 이런 식이었다.

내 어떤 점이 취약한지를 너무나도 잘 알고 있는 것이다.

전장을 지배하려 하는 놈의 힘은 비어 있는 왼 눈을 비집고 들어오는 데 언제고 성공해 왔었다. 놈에게는 절대 실패하지 않는 공격인 것이며 내게는 알면서도 막아 낼 방법이 없는 피습인 것이다.

이럴 때면 불빛이 희미한 지하실에 갇힌 느낌부터 일어난다.

휘와아아앙—

사방을 강렬히 회전하는 흐름들은 내가 어디로 벗어나지 못하게 막아 두는 벽으로서 작용한다.

뿌연 위의 공간 너머는 육안은 물론이고 감각망으로도 인식되지 않는다. 거기가 놈의 다양한 공격들이 발생하는 발원지였다.

여기에서 벗어날 방법은 없지만 그렇다고 놈이 하고자

하는 대로 내버려 둘 수도 없는 일이다. 권역이 놈의 의도대로 완성되어 버린다면 놈은 이 공간의 절대자가 되고 마니까.

수없이 반복해 왔던 일, 공간부터 확보하는 데 주력했다.

[시스템 관리자 오딘이 권역을 다시 형성 하고 있습니다.]

그러는 동시에 놈이 마음대로 전장을 옮길 수 없도록 한 가지 제약을 걸어 두었다.

공간은 서서히 벌어졌다. 사방을 맹렬히 회전하는 흐름에 내 힘 또한 스며들었다. 놈과 나의 힘이 겨루며 만들어진 전장은 직전과 같은 구성으로 완성되었다.

[성채가 복구 되었습니다.]

궁전이 만들어지고.

[발키리 군단이 생성 되었습니다.]

병사들도 궁전 전체에 포진되었다.

그렇다.

천공은 놈의 지배하에 놓였지만, 이 지상에는 내 신성이
깃들었다.

[둠 카오스의 권역이 형성 되었습니다.]
[시스템 관리자 오딘의 권역이 형성 되었습니다.]

[? 번째, 신성의 전장이 만들어졌습니다.]

시작은 놈에 의해서였지만, 결과만 놓고 보면 우리는 서
로가 만들어 둔 전장 안에 갇힌 꼴이었다.

또다시.

그리고 또다시 전쟁이 끊이지 않는 이 아수라도에서 싸
움을 시작해야 할 시간이었다.

*   *   *

놈이 항상 우세였다.

내 몸에 새겨진 흉터는 내가 놈에게 남긴 것보다 훨씬 더
늘어나 있었다.

그날도 나는 지상의 영역과 천공의 영역을 구분 짓는 교

착점에 있었다.

주위에선 발키리들이 하얀 날개가 찢기며 추락하고, 놈의 흉측한 병사들도 검은 날개를 잃고 똑같은 꼴로 소멸하고 있었다.

자아(自我) 없이 오로지 전투만을 위해 만들어진 것들. 나의 발키리든 놈의 병사들이든 목적은 같다.

우세를 확보한 다음에 본인들의 창조주에게 가담하는 것이다.

하나하나가 강력한 속박의 무구를 장비한 소환체들로 간혹 변수를 만들어 내곤 했었다. 놈과 내게 남은 흉터들은 그때마다 생긴 것들이다.

나는 둠 카오스의 공격을 맞받아쳐 주며 감각망 안으로 끼어드는 그것들의 움직임까지도 의식해야만 했다.

한 무리의 검은 날개가 엄습해 오고 있기 때문이었다.

[발키리 부대를 생성 하였습니다.]

그에 맞설 것들을 추가로 날려 보내며 다가올 충격에 대비했다.

힘이 일시적으로 빠져나간 틈에.

둠 카오스의 공격이 바로 머리 위에서 완성되어 있었다.

정수리와 어깨 전체를 눌러 버리는 압력뿐만 아니라, 섬세한 칼날이 숨겨져 있었다.

칼날이 숨겨져 있었다는 것을 눈치챘을 때는 이미 그것이 나를 스치고 지나간 이후였다.

"큭."

[경고: 특전 '시스템 관리자'가 노출 되었습니다.]

벌어진 틈새에서 빛을 뿜으며 그것을 드러내고 있었다.

놈에게는 빛기둥이 있듯이 내게는 그 작은 빛의 응집체가 신성의 원천이다. 올드 원을 흡수한 이후에는 보다 완벽해졌다.

그걸 본 놈의 눈알은 강렬한 집착으로 이글거렸다.

우리의 힘이 엉키는 파동 속에서, 놈의 기운은 실로 악랄하게 맥동했다.

두두두.

연신 두들겨 오는 그 힘은 시스템 관리자의 힘을 빼내거나 혹은 파괴하기 위해 움직였다.

간혹 변화무쌍한 움직임으로 돌변해 갈퀴 같은 손톱을 예상치 못한 곳에서 직접 뻗어 오는데.

그러한 공격들을 모조리 쳐 내기까지 위험했던 순간이

아주 없던 것만은 아니었다. 결국 놈의 얼굴이 일그러지고 말았다.

벌어진 틈새가 아물며 또 하나의 흉터로 자리하기까지 놈은 결정적인 순간을 만들어 내는 데 실패했기 때문이었다.

쏴아아악—!

우리 사이로 강철의 장벽이 치솟아 올랐다. 놈의 모습도 그때 잠깐 가려졌다.

내가 만들어 낸 장벽이었다.

본래는 더 그레이트 실버에게 허락되었던 권능의 일부분.

그러나 장벽이 유연하게 기울어 놈을 감싸듯이 공격해 들어가는 것이나, 매끈하던 거기 전반에서 저주가 깃든 철의 가시가 돋아나는 것까지는 실버에게 허락되지 않았던 것이다.

이번에는 내 차례가 도래했음을 직감했다.

발키리 부대 하나가 전선을 뚫고 크게 선회하는 게 보였다.

그것들은 놈이 장벽 바깥으로 도약할 수 있는 공간들을 예상해 넓은 대형으로 날아오고 있었다.

놈은 발키리들을 일거에 쓸어버리며 내게 도약해 왔다.

발키리들이 놈에게 던졌던 무기들, 속박의 힘이 담긴 그 것들 또한 그 한 번의 공격으로 인해 흔적도 없이 사라졌 다.

하지만 직전에 놈이 그랬듯, 이번에는 내가 완성해 둔 힘 이 놈의 진로 상에서 기지개를 켜고 있었다.

누가 먼저 병사들을 운용하기 시작했는지 따지는 것은 이제 의미가 없는 것이었다. 이렇게나 효과가 있는 것을!

그때 내가 완성시켜 둔 힘은 108개의 공간이 열리는 것 으로 발현되었다.

각각의 공간에서 창이 뛰쳐나왔다.

쉐아아악—!

번개처럼 갑자기 들이닥친다고 해서 전격(電擊)이었고.

번개의 힘을 담고 있다고 해서 전력(電力)이었다.

108개 창들에서 두꺼운 줄기들이 무수히 꿈틀거린다. 그 것들 하나하나에 인드라의 칼과 똑같은 설계가 깃들어 놈 을 향해 쏟아져 나갔다.

놈은 피하지 않았다. 놈에게 약간의 기운이 쏠리는가 싶 더니.

한순간에 그 전부를 튕겨내 버리는 힘으로 터져 나왔다.

놈은 그대로 나를 향해 달려들었다. 그러나 놈이 놓친 게 있었다. 한 박자 늦게 열린 마지막 공간 하나.

촥—!

거기에서 뛰쳐나온 창이 놈의 얼굴을 스치고 지나갔다.

놈의 얼굴에도 작은 실금이 새로 그어진 것이었다. 직전에 내게서 드러났던 것은 시스템 관리자를 품고 있는 영역이었지만.

놈이 드러내고 만 것은 그리 오래되지 않은 한 때의 기억이었다.

[둠 카오스의 기억 중 일부분을 읽어내는 데 성공했습니다.]

[역전 (둠 카오스의 기억)

둠 카오스는 바깥의 전황을 역전 시키는 방법 중 하나로 칼리버의 죽음을 계획해 두었습니다.

칼리버가 이룩한 성장은 보잘것없는 수준이나, 전체적인 전황에서만큼은 큰 비중을 차지하고 있기 때문이었습니다.]

칼리버.

그자의 진짜 이름은 권…… 권성일이다. 권성일. 권성일. 권성일.

그가 둠 카오스의 계획에 피격되어 낙오되고 만다면 그
자의 임무는 또 다른 측근인 우연희가 대신하게 될 것이
다.

측근들 중에서는 유일한 여성으로 내 사랑을 받은 여자.

우연희. 우연희. 우연희.

*   *   *

**[전체: 길드 '구원자의 도시민들(7)'이 빛기둥을 파
괴하며 길드장 진이 첼린저 구간에 진입하였습니다.]**

[* 전공 (빛기둥 파괴)]

[1위. 칼리버 : 23개

2위. 헤라: 9개

3위. 신경아: 7개

4위. 이태한: 6개

5위. 아폴론: 2개

6위. 아누비스: 1개

7위. 하백: 1개

8위. 진: 1개]

하백이 전공 창에 이름을 올릴 수 있었던 건 성일 덕분이었다.

성일은 새로운 무대로 진입할 때마다 자연스레 합류되는 각성자들을 다른 그룹에 보내왔었고, 하백이 그 덕을 보았기 때문이다.

전공 창은 화려하다. 그러나 이면에는 낙오된 무대들이며 전사자들이 숱하게 깔려 있을 일이며, 심지어 첼린저 중의 하데스라는 각성자가 도중에 전공 창에서 이름이 삭제되는 일이 발생하기도 했다.

헤라가 신경아를 역전하며 발군의 성장을 보이고 있는 점이 희소식이라면 희소식.

하지만 엔더에 도달했다고 보기에는 아직 그녀에게선 폭발적인 속도가 나오지 않고 있었다. 단 1렙 차이여도, 첼린저 구간과 엔더 구간의 차이는 극과 극으로 벌어진다.

[레벨 증강의 비약(첼린저용)을 구입 하였습니다.]

자신의 뒤를 이어 엔더에 진입할 유력한 후보자는 헤라였다. 그녀 또한 엔더에 진입한다면 자신처럼 하루에 몇 개의 빛기둥을 소화해 낼 수 있으리라.

그래서 남은 코인들을 털어 넣어 산 비약은 태한 동상을 위한 것이 아니었다.

　[거래를 신청 하였습니다. (대상: 헤라)]
　[아이템 '레벨 증강의 비약(첼린저용)'을 '헤라'에게
제안 했습니다.]

　[칼리버: 받으.]

　[헤라: 시도는 네 자유겠지. 하지만 이것으로 내게
빚을 지웠다고는 생각 마라.]

　씰룩 씰룩.
　원래 간헐적으로 툭툭 뛰고 있던 눈 밑 근육이었으나 그
순간 경련으로 파르르 떨려 버리고 마는 것이었다.
　정작 성일의 불안한 분위기에 겁을 지레 먹고 만 주인공
은 루루아였다.
　루루아는 차마 성일에게 가까이 접근하지도 못했다. 확
연하게 벌어진 거리를 유지하며 그를 뒤따르고 있는 중이
었다.

　[뭐 저딴 게 다 있나요. 고것 참 못된 계집이네요.

무적 칼리버 님께서 참으세요. (ㅇ ﹥ᄉ﹤)ㅇ"]

붉게 충혈된 눈초리. 찌푸려진 눈썹. 의식적으로 악다물고 있는 입.

그렇게 당장 언제라도 툭 건드리면 터지고 말 듯한 얼굴이 루루아를 돌아보더니, 손가락만 까닥거렸다. 거리를 좁히라는 신호였다.

루루아와 성일 사이에는 골이 깨져 죽은 바클란들이 즐비했다.

그중에는 장 초반에 성일을 애먹였던 자연술사의 시체도 있었는데 루루아의 보조 없이 오로지 성일 혼자서 만들어낸 작품이었다.

그런 성장을 이룩한 상태에서도 성일은 루루아를 가까이 부르는 것이었다. 루루아는 불현듯 깨달은 게 있어서 묻지 않을 수가 없었다.

[조금 특별한 무대인가요? 헤헤헤…….]

성일은 후우, 하고 크게 숨을 내쉬는 것으로 대답을 대신했다. 상대할 가치가 없다는 듯한 눈길 또한 당연한 것이었다.

그는 루루아가 거리를 좁혀 오는 시점에서 지면을 박찼
다.

이번 무대의 빛기둥 수호자는 전들과 달랐다. 엔더 구간
에 이른 감각망에서 그리 전해 오고 있었다.

*　　　*　　　*

[빛기둥 수호자 (보스 몬스터)

어떤 몬스터 군단에서 차출된 게 아닙니다. 악신(惡
神) 둠 카오스가 직접 창조해 낸 병사로 빛기둥을 지척
에서 지키고 있습니다.

LV: 520]

그분께서 띄워 주시는 정보에서도. 그리고 육안으로 보
이는 모습상에서도 지금까지의 빛기둥 수호자들과 다른 점
을 찾기가 어려웠다.

그러나 정체불명의 힘이 포착되었던 것만큼은 진짜였다.

'강화될 가능성이 높겠어. 개 대가리 족속들처럼.'

성일은 그걸 염두에 두었다. 그래도 괴물의 등에 달린 거
무죽죽한 거대한 날개부터 뜯어내야 한다는 점에는 달라진
게 없었다.

그가 루루아에게 눈빛으로만 신호를 보내면서였다.

[무적 칼리버, 출一진! ٩(๑•̀ㅂ•́๑)۶]

성일에게는 그러한 메시지가 하나의 스킬 메시지처럼
보였다. 괴물의 등 위로 순간 이동시켜 주는 스킬로 말이
다.

그는 흐릿하게나마 비틀리는 공간의 흐름을 느낄 수 있
었다. 과거처럼 무작정 거기에 의존하는 게 아닌, 그 흐름
을 사전에 읽어 내서 본인의 속도까지 보탤 수 있게 된 지
금!

그가 괴물의 등 위로 공간을 도약하고 나왔을 때.

그의 주먹 또한 사전에 내리꽂히고 있던 그대로 괴물의
등에 작렬했다.

[주먹 파괴자가 발동 했습니다.]

괴물이 충격을 받으며 날갯죽지를 세운 그때야말로 그것
의 날개를 움켜쥐기에는 아주 제격인 순간이었다.

괴물의 양쪽 날개는 단숨에 뜯겨 나왔다.

그 순간 성일의 두 눈이 부릅떠졌다. 응당 터져 나와야

할 핏물 대신 음산한 기운이 쏟아져 나오는 게 아닌가!

온몸이 저릿할 만큼 사악함으로 똘똘 뭉친 기운이었다.

피로감 또한 그때 싹 달아나고 말았다.

[경고: 둠 카오스가 칼리버 권성일을 인지하고 있습니다.]

"루루아!"

성일은 황급히 고개를 돌리며 소리쳤다. 불길했던 찰나의 생각이 현실로 직면되고 말았다.

루루아는 검은 기운 속에 휩싸여 푸르스름한 윤곽으로만 발버둥 치고 있었다. 그러나 정작 더 큰 위기는 거기에 있지 않았다.

루루아를 휘감은 기운은 극히 작은 일부분에 지나지 않았다.

어느새 더 크고 두껍게 응집된 기운들이 여덟 갈래의 줄기를 만들며 사방의 도시를 향해 커다란 포물선을 그리고 있었다.

검은 것으로 색채는 달랐지만, 엘프 종들의 성전의 탑에서 목격되었던 폭격이 이와 흡사했던 것이다.

[칼리버 권성일의 황금 흉갑을 사용하였습니다.]
[절대 전장이 개방 됩니다.]

그런데 씨벌, 결계가 생성되는 속도는 그것들이 날아가는 속도를 따라잡지 못했다.

일은 한꺼번에 연쇄적으로 일어났다. 상대적으로 빛기둥과 거리가 가까운 도시들부터 차례대로!

[경고: 도시(2)가 파괴 되었습니다.]

[빛기둥이 위험 1단계에 돌입 하였습니다.
* 빛기둥이 파괴 될 때까지 공격력이 30% 하락 됩니다.]

[경고: 도시(4)가 파괴 되었습니다.]

[빛기둥이 위험 2단계에 돌입 하였습니다.
* 빛기둥이 파괴 될 때까지 아이템이 무력화 됩니다.]

[절대 전장이 제거 되었습니다.]

성일이 서 있는 거리까지 지축이 흔들렸고 폭음이 연달아 부딪쳐 왔다.

예민하게 곤두선 신경은 판단력을 흐릿하게 만든다고는 하지만, 그 순간 성일의 판단은 정확한 것이었다. 그는 마치 오래전부터 각인되었던 움직임처럼 괴물의 정수리를 가격하기 시작했다.

핏물 대신 터져 나오는 검은 기운들이 그에게 달라붙었다.

황금 흉갑을 위시로 아이템에서 오는 보호 체계는 무너졌지만, 열정자 9단계의 보호 체계만큼은 아직 잔존해 있는 찰나의 순간에 벌어진 일이었다.

그는 괴물의 반격 수단들을 피할 새도 없다고 판단했다.

최대한 빨리 이것의 숨통을 끊어 놓는 것만이 유일한 탈출구였다.

주먹 한 방에 퍼억!

[경고: 도시 (8)이 파괴 되었습니다.]

[빛기둥이 위험 3단계에 돌입 하였습니다.

* 빛기둥이 파괴 될 때까지 스킬과 특성들이 무력화 됩니다.

그때 괴물의 꼬리가 큼지막하게 휘어 들어와 성일의 등에 작렬했다.

그깟 반격 따위 피하지 못할 그가 아니었으나, 그는 충격에 이를 악물면서도 주먹을 한 번이라도 더 뻗기 위해 사력을 끌어올렸다.

그러나 문제는 그에게 달라붙어 있던 검은 기운들이었다.

급격히 흐릿해진 시야. 기울어지는 중심. 그는 이번 공격이 마지막임을 직감하며 거기에 자신의 모든 걸 걸었다. 정말로 그의 주먹에는 최후의 일격이 담겨 있었다.

하지만 주먹 끝으로 전해져 오는 충격의 감각은 괴물을 가격했을 때 오는 그것이 아니다.

몸이 기운 그대로 괴물의 등에서 떨어지고 만 성일의 주먹은 지면을 강타했다.

콰아아아앙!

[경고: 도시(6)이 파괴 되었습니다.]

[빛기둥이 위험 4단계에 돌입 하였습니다.

 * 빛기둥이 파괴 될 때까지 모든 능력치가 무력화 됩니다.]

그는 함몰된 지면 아래로 곤두박질쳤다. 시야는 더욱 흐릿해져서 사물의 윤곽만 간신히 쫓을 수 있는 수준에 불과했다.

마지막 순간에 봤었던 것은 튕겨 날아가고 있는 괴물의 윤곽이었다. 특히 대가리 쪽의 윤곽은 너덜너덜해서 간신히 목숨만 붙어 있는 것에 불과해 보였다.

그러나 구덩이 밖으로 얼굴을 빼내는 데 성공했을 때.

쓰러져 있는 괴물의 주위에는 어느새 온갖 윤곽들로 일렁거리고 있었다.

각성자의 능력을 잃었다고 해도 바클란들에게 찌들어 있는 그 구린내를 왜 맡지 못하겠는가. 괴물 주위에 득실한 것들 전부는 바클란들이었다.

빛기둥까지 뚫고 올라오면서 별 경험치를 주지 않는 집단들은 무시해 왔었는데, 그러한 몇 레벨짜리 잡졸들이 이제는 강력한 적으로 출몰한 것이다.

그것들이 강화된 게 아니라 자신이 약화된 것이었다. 민간인들처럼.

'한 놈 정도는 데리고 갈 수 있을 것 같긴 한디…… 그게 무슨 소용이란 말이여. 고작 소 대가리 하나 따위로…….'

                    *   *   *

　성일은 가슴이 찢어지듯 괴롭다는 게 어떤 것인지 실감
했다.

　죽음이 두려운 것은 아니었다.

　맡은 바 소임을 결국 해내지 못했다는 자괴감 때문이었다.

　물론 그분이 어떤 분이신데, 자신 다음의 보완책을 남겨
두지 않았겠는가.

　그렇다 쳐도 자신이 죽어 버리며 생기는 공백은 그분의
계획에 심각한 피해를 입힐 거라는 점만큼은 부정할 수 없
는 것이었다.

　'이대로 죽어선 안 되는 거여. 어찌 여기서 뒈질까. 오시
리스도 살아 남았는디. 나라고 못 할 것 없단 말여. 나여.
나. 칼리버 권성일이.'

　문득 마리 누님이 생각났다. 누님이라면 구조 요청을 거
부하지 않으실 것 같았다.

　하지만 그렇기 때문에라도 마리 누님에게 도움을 요청해
서는 안 되는 것이기도 했다.

　이미 망가진 무대였다. 빛기둥이 발산하는 쇠약화 저주
는 새로 진입하는 각성자들에게도 영향을 미칠 테니께.

그 시간이야말로 데드 라인이었다. 그 안에 어떻게든 괴물 주위로 운집해 있는 소 대가리 잡졸들을 처치해야 한다.

'쓰벌 넘들이 머리는 비상해져 가지고.'

어지간한 유인책으로는 꿈쩍도 하지 않을 것이다. 지금에야 동족의 핏물을 잔뜩 묻어 있기에 자신을 놓치고 있지만.

곧 그 냄새를 뚫고 인류의 체취가 노출되는 순간부터는 놈들의 추격이 시작될 것이다.

'그때에도 빛기둥 수호자 곁에는 충분한 새끼들을 남겨 두겠지. 어떤 경우에도 꿈쩍도 하지 않을 지시로다가.'

괴물 쪽에 운집해 있는 바클란들은 아무리 적게 잡아도 기백을 넘어갔다.

성일은 보다 확실한 수를 파악하기 위해 시야를 되찾도록 노력했다. 손바닥의 도톰한 부위로 눈을 사정없이 문질렀다.

그러나 도리어 더욱 흐릿해지고 마는 것이었다. 검은 기운이 미쳤던 영향은 증발되었는데, 정작 구덩이 속을 뒹굴었을 때 눈으로 쏟아져 들어왔던 흙먼지가 각막에 계속 상처를 내고 있는 것 같았다.

눈물이라도 펑펑 흘려 버린다면 그 이물질들을 흘려보낼 수 있겠다만.

고작 한두 방울 찔끔거리는 눈물 따위로는 소용없는 것이었다.

한때는 그리도 잘 울었는데, 정작 이런 순간에는 왜 이리도 눈물이 안 나는지. 성일은 그것이 그렇게나 원망스러울 수가 없었다.

원망스러운 건 그뿐만이 아니다. 지금에도 잠기운이 그득한 눈꺼풀이 계속 눈앞을 껌뻑, 껌뻑 어둡게 만드는 게 더욱 원망스러운 일이었다.

　[길드장 칼리버: 생존자들 대답혀 봐! 지금 브리핑
　할 테니께.]
　[부길드장 사파: 저를 포함해⋯⋯ 움직일 수 있는
　인원이 없습니다. 모시게 되어 영광이었습니다.]

몇몇의 메시지가 추가적으로 이어지긴 했지만 다 같은 소리였다.

성일의 시야에서 뚜렷하게 보이는 것이라곤 그러한 절망적인 메시지들뿐이다. 성일은 그들에게 어떤 말도 희망이되지 않을 거란 걸 잘 알고 있었다.

각오만으로 생사를 결정지을 수 있다면, 그리도 많은 각성자들이 죽어 나가진 않았을 테니까.

지금은 오시리스가 겪었다는 지옥보다 더 참혹한 환경이다.

'나 혼자뿐이여.'

어쨌거나 계속 구덩이 속에 갇혀 있을 수만은 없었다. 한 번은 겪어야 할 일. 그는 멀찍이 돌을 던진 후, 바클란들의 시선이 잠깐 돌려진 틈을 타서 구덩이 밖으로 몸을 빼냈다.

그러고는 안간힘을 다해 달리기 시작했다. 길드원 몇몇이 내는 절망적인 메시지를 확인할 틈도 없었다. 달리고 또 달린 끝에.

그가 염두에 두고 있었던 비탈길에 도달했다. 거기는 일찍이 그가 도륙을 끝내 두었던 바클란들의 시체로 즐비한 곳이자 절벽을 지척에 두고 있는 곳이었다.

그는 시체 사이에 몸을 파고든 다음 또 다른 시체 하나를 절벽 밑으로 밀어 차는 데에도 성공했다. 아슬아슬했다.

그를 추격해 온 약간의 바클란들은 절벽으로 내려갈 수 있는 샛길로 방향을 틀었다.

성일의 심장은 이상하리만큼 침착했다. 다만 거친 운동 탓에 격렬히 뛰는 것일 뿐, 놀라 비틀어진 게 아닌 것이다.

그때였다.

몸을 일으키는 성일의 곁으로 한 윤곽이 거리를 좁혀 들어왔다. 성일의 심장은 커다란 울림을 냈다. 전사의 심장.

성일은 소 대가리 하나라면 어떻게든 해치우고 벗어날 수 있다는 각오로 작은 돌멩이부터 움켜쥐었다. 무기가 될 만한 것은 그뿐이었다. 던지기 위해서가 아니라 손안에 쥐어 주먹의 강도를 높이기 위해서였다.

그런데 막상 몸을 일으키고 보니 윤곽은 자신보다 많이 작았다.

바클란들이 보이는 그런 근육 덩어리의 윤곽도 아니거니와 긴 머리카락도 희미하게나마 보였다.

"누, 누님?"

성일의 표정은 짓뭉개졌다.

"누님께서 오시믄 어떡한다요. 정말 왜 그러셨수. 왜요. 왜……."

좀 전에는 그렇게 원했어도 나지 않았던 눈물이 왈칵 쏟아졌다.

눈물이 눈 안의 이물질을 흘려내고 있었다. 성일은 눈을 비비적거리면서도 드는 생각이 하나뿐이었다. 결국 자신 하나 때문에 그분의 거사가 어긋나 버리고 말았구나.

여기는 마리 누님이라도 이겨 낼 수 없는 죽음의 땅이 되었다.

그런데.

"감격하지 마라. 퀘스트 때문이니까. 그런데 '누님'이라
는 호칭은 좀 역겹네. 한국말로 연상의 여인을 뜻하는 단어
아냐?"

순간 부릅떠진 성일의 두 눈 안으로 그녀의 얼굴이 가득
차 들어왔다.

"헤라⋯⋯."

시야를 되찾았기 때문에라도 성일은 맞은편에서 자세를
낮추며 접근해 오는 이들 또한 윤곽이 아니라, 실제 모습으
로 뚜렷이 볼 수 있었다. 계속 불어나는 그 전부는 헤라와
함께 들어온 길드원들이었다.

그제야 그는 급박했던 순간에 놓쳤던 메시지를 되돌아볼
수 있었다.

[길드: 길드 '헤라와 새로운 시작'이 합류 했습니다.]

*　　*　　*

생사를 알 수 없었던 루루아까지 합류했다.

[아앗! 저 루－제르가 무적 루－루아 님을 뵙습니
당!]

[그래. 그래. (´₃`) 나 무적 루－루아가 지금 쪼까
힘들거든? 루－제르 네가 더 많이 고생해 줘야 쓰겄다.]

[맡겨만 주시와요. 그런 각오도 없었다면 저 루－
제르가 이런 사지까지 왜 달려왔겠어요. 무적 루－루
아 님을 향한 충정은 영원하와요. (☞ ˘з˘)☞ ♡]

[꺄∞ ♡ 루－제르∞]

[루－루아 님∞]

"아주 꼴값들 떨고 있구만."

성일은 루루아와 헤라와 함께 진입한 또 다른 인도관을
향해 짜증스럽게 말을 뱉었다.

그래도 그의 눈가를 스치고 간 미소가 잠깐이나마 눈꼬
리 끝으로 옅은 주름을 만들었던 게 사실이다.

정비를 갖는 시간.

성일은 헤라의 시선을 느끼며 고개를 틀었다. 그쪽도 예
민한 시선이긴 마찬가지였다.

헤라는 눈길이 부딪치자마자 얼굴을 돌리고 마는데, 정
작 성일의 시야에 들어온 건 헤라를 쳐다보고 있는 그녀의
길드원들이었다.

헤라는 자신처럼 민간인과 다를 바 없는 처지로 능력이 차단된 상태다.

이제 헤라의 팔다리는 그저 늘씬한 것에 지나지 않는다.

한데 그녀에게 억한 감정을 품고 있을 이가 하나 없겠는가. 본인들을 사지로 끌고 온 그녀의 결정에 반심을 품은 이가 하나 없겠냐는 거다.

그럼에도 불구하고 이 많은 남성 각성자들 중 누구도 눈동자를 굴리거나 다른 이들과 밀담을 주고받는 것 없이 그녀에게 집중하고 있었다.

마찬가지로 서슬 퍼런 눈길로 길드원들과 무언의 눈빛을 주고받는 헤라.

성일은 그걸 보면서 생각했다.

헤라의 길드원들이 통제되고 있는 진짜 이유는 퀘스트에 딸린 막대한 평판 보상에 있는 게 아니라, 바로 그 눈빛에 있을 것이다.

'제법이여, 헤라.'

정말로 그러한 눈빛에서 자연스럽게 마리 누님이 떠올랐다.

헤라가 백인 여성이고 금발에 늘씬한 몸을 가진 암고양이 같은 모습이었어도 눈빛만큼은 누님의 그것과 동일하다.

이따금씩 적들을 향해 보이는 마리 누님의 공포스러운
눈빛과.

[남은 시간 (나이트 습격까지: 1시간 45분 2초)]

성일은 알림 창을 확인하며 전했다.

[칼리버: 누님, 나요. 부탁 하나만 하겠수. 앞으로 1
시간 45분 뒤에 소 대가리 군단의 나이트 습격이 있을
예정이오. 그런디 여기 도시들이 다 파괴되었수. 아시
잖소. 도시들이 그따구로 망가지면 어떤 상황으로 치닫
는지.]
[칼리버: 그렇다고 절망적인 건 아니요. 헤라, 고 가
시나가 길드원들을 죄다 끌고 와 줬고만요. 기천이 넘
수다.]
[칼리버: 어쨌든 빛기둥 수호자는 막타만 치믄 끝나
는 상황이요. 소 대가리 잡졸들이 고것을 지키고 있긴
한디, 고건 우리 쪽에서 어떻게든 해 볼라니께. 누님.
누님께선 나이트 습격을 없애 주쇼!]
[칼리버: 누님이 계신 곳에서 말이요. 다시 말씀드
리지만 1시간 45분 남았수.]

[칼리버: 1시간 45분.]

답변은 거의 즉각 돌아오다시피 했다.

그러나 성일에게는 그렇게나 길게 느껴지는 시간이었다.

[마리 누님: 접수 완료. 너는 여전히 무적 칼리버야.
잊지 마!]
[칼리버: 왜 아니겠수.]

"헤라. 이제는 우리 하기에 달렸으(Hera. It's up to us
now)."

성일은 헤라에게 다가갔다.

그때 헤라가 본인이 양 주먹에 쥐고 있던 무기를 성일에
게 내밀었다. 그것은 과거에 성일이 헤라에게 줬었던 뭉족
노신의 클로였다.

"왜. 주먹 파괴자 양반. 이 상황에서도 맨주먹을 고집하
는 건 아니겠지?"

성일은 말없이 그것을 건네받았다.

그러고는 양 주먹으로 말아 쥐었는데, 아이템 효과는 차
단되었을지언정 주먹 안으로 꽉 들어오는 느낌만큼은 제대
로였다.

또한 주먹 쥔 손가락 사이사이로 5뼘 이상 튀어나와 있는 갈고리의 예리함도 믿음직스러웠다. 설령 전투 도중에 그날들이 부러질지라도 쥐고 있는 것만으로 주먹의 세기를 보강시켜 줄 것이다.

　그런 성일의 모습을 보면서 헤라가 말했다.

　"불곰(Brown bear)이 따로 없네. 이참에 코드명을 바꾸는 게 어때?"

　"그쪽은 어쩔라고?"

　성일이 헤라의 빈손을 향해 뇌까렸다.

　"뭐야, 불곰. 정보망이 별로잖아."

　헤라는 한 길드원에게 손가락을 까닥거렸다.

　많은 짐을 지고 있는 사내였다. 배낭 바깥으로는 배낭에 담을 수 없는 다양한 무기들이 주렁주렁 매달려 있었다.

　헤라가 그중 장검에 묶여 있던 매듭을 풀면서 말했다.

　"내 주력은 클로만이 아니야. 곧 알게 될 테지."

＊　　　＊　　　＊

　수풀에서 조심스러운 흔들림이 시작되었다.

　그 안에선 머리부터 발끝까지 구린내 나는 피를 칠한 사람들이 호흡마저 죽이며 바클란과의 거리를 좁히고 있었다.

동서(東西)로 크게 두 무리.

원거리 무기를 쥔 이들이 선두.

성일은 전투에 앞서 본인의 무리에 속한 이들에게 당부의 메시지를 재차 보냈다.

집게와 중지를 굽혀서 자신의 눈을 가리킨 다음, 엄지로 어깨 뒤쪽을 가리키는 식으로였다.

진짜 메시지로도.

[길드장 칼리버: 눈을 노린 다음 빠져라잉.]

헤라 쪽에서도 같은 지시가 강조되고 있었다.

석궁이든 활이든 투창이든.

무한대로 투사체를 보충해 주었던 아이템 또한 이제는 그 효과가 차단되었다.

그들은 본인들의 무기가 쓸모없게 되면 뒤쪽으로 빠져 있다가 교전을 틈타 빛기둥 수호자를 죽이는 역할을 맡았다.

충분한 공격 거리가 확보되었을 무렵 수풀의 흔들림도 멎었다.

성일은 그 커다란 손바닥을 앞에서 쪼그리고 있는 사내의 어깨에 얹었다. 떨리고 있는 건 사내의 어깨만이 아니었다.

거기에 얹어진 성일의 손 역시 같았다.

직전까지만 해도 침착했던 성일이었으나 비로소 뛰는 심장을 주체할 수가 없었다. 두려움이 스며든다. 어떤 일이 벌어질지 알기에. 바클란이란 괴물들이 얼마나 강한지 알기에. 그러니 그분의 가르침을 상기해야 할 때였다.

[길드장 칼리버: 모두들 두려울 것이여. 왜 아니겠어. 아주 자연스러운 것이지.]

[길드장 칼리버: 근디 두려움은 그저 몸이 보내오는 신호인 거여. 적들이 겁나게 쎄니께, 그걸 염두에 두고 사력을 다하라는 신호로다.]

[길드장 칼리버: 몇이나 살지는 몰라도, 생사를 장담하지는 못혀도 이것만큼은 확실히 해 주겠어. 우리가 이긴다. 꽁으로 여기까지 온 우리가 아녀.]

[길드장 칼리버: 그리고 전사자든, 살아남은 자든. 너희들의 이름을 기억해 주겠어. 근디 나만 그러겄냐고. 퀘스트! 그분께서도 너희들을 지켜보고 계심을 잊지 말도록. 증말로다 행동으로 보여 주드라고.]

[길드장 칼리버: 카운트 다운 들어간다잉. 10.]

[헤라: 9.]

……

[칼리버: 3.]

[헤라: 2.]

[칼리버: 1.]

[칼리버, 헤라 : 공격!]

선두에서 투사체가 발사됐다. 일제히.

[전투가 시작 되었습니다.]

*　　　*　　　*

능력이 차단되지 않았다면 발 한 번 구르는 것만으로 끝
내 버렸을 조무래기들에 불과했을 거란 미련 따위…….

전투와 동시에 머릿속에서 지워 버렸다.

실제로 그것들이 휘두르는 대형 도끼는 언제고 전우들의
목을 쳐 내 버리는 단두대의 칼날이 되었다. 그것들은 소
대가리가 아니다.

뻘건 눈이 흉흉한 악마의 얼굴을 달고 있는 것들이었다.

고대의 못된 인류 집단 중 어딘가에서 숭배되었을 것 중
에는 필시 저런 모습으로 상상된 악마가 있었을 것이다.

그것들과 눈이 마주칠 새면 무자비하다는 느낌을 불러일으키는 뭔가가 일어났다.

도중에 도망친 이들이 얼마나 되는지 확인할 틈조차 없었다.

도망치는 게 가능하기나 했을까.

계속 늘어나는 것이라곤 목이며 몸이 양단된 전우들의 시체. 그리고 거기에서 흘러나온 내장 덩어리와 핏물뿐.

그러나 아주 실패한 것만은 아니다. 별동대가 진입할 틈을 만들어 주는 데 성공했으니까.

그런데 그것들에게서 아무런 소식이 없다는 게 큰 문제였다.

성일은 바클란을 죽이는 데 가까스로 성공한 다음에 그 점부터 다시 확인했다.

[길드장 칼리버: 빛기둥 수호자는? 대답들 안 혀?

다 뒈졌쓰?]

'기껏 틈을 만들어 줬더니만, 고것 하나 끝장 못 봐? 쓰벌……'

때는 전황의 흐름에 따라 전장이 숲 쪽으로 밀려난 이후였다.

[헤라: 역시 살아 있군. 퀘스트 씨(Mr. Quest).]

[칼리버: 하나로 확실히 혀. 칼리버여, 불곰이여, 퀘스트 씨여?]

[헤라: 나불거릴 수 있다면 싸울 수도 있다는 것이고. 불곰.]

[칼리버: 니 어디여?]

헤라가 보내오는 메시지들에는 위치를 특정 지을 수 있는 지물들이 묘사되기 시작했다.

성일은 기억을 더듬으면서 몸을 끌고 갔다.

바클란들은 추격보다 빛기둥 수호자를 지키는 쪽으로 진열을 재편한 것 같았다.

곳곳이 찢어진 채로 살아남은 이들도 헤라가 묘사한 지점을 쫓아 다시 집결하기 시작했다.

집결 장소에 모인 이들은 첫 인원의 1할도 되지 않았다.

이윽고 성일과 헤라가 서로 마주하던 찰나.

[전체: 위대한 마리께서 바클란 군단의 본토를 점령하였습니다.]

[나이트 습격이 제거 되었습니다.]

성일의 얼굴에 쓴 미소가 스쳤다.

그 미소는 헤라를 마주하게 되었을 때 조금 더 벌어졌다.

붓기에 두 눈이 거의 감기다시피 한 얼굴이었어도 입가
의 윤곽만큼은 멍청해 보이는 성일 특유의 웃음이었다.

성일이 그대로 끓는 가래를 올려 뱉어 내자, 그간 입안에
서 굴러다녔던 이빨 조각들이 핏물과 함께 섞여 나왔다.

[칼리버: 니도 만만치 않네잉. 고것들 주먹이 아주
매섭지?]

헤라는 코로 숨을 쉬지 못했다. 입술 사이로만 쌕쌕거리
고 있었다. 땅을 얼마나 굴렀었는지 온몸은 또 만신창이였
다.

그렇게 도망쳐야 할 땐 도망치고 싸워야 할 땐 싸워 왔으
리라.

바클란들의 주먹이 작렬되는 한이 있더라도 절대 그것들
의 도끼가 피부를 갈라 들어오는 경우를 허용해선 아니 됐
다.

[헤라: 나불거리기로는 인도관이 따로 없어. 덩칫값 좀 하지그래.]

[칼리버: 누군 좋아서 그려? 고 잡것 새끼들도 괜히 나불거리겠냐고. 근디 말여. 그분께서 사전 각성자로 활동하던 시기에 고려한 약물들을 꼭 챙겨 다녔던 거 알으?]

과연 성일이 그분을 언급하자, 헤라의 두 눈에 이채가 감돌았다.

[칼리버: 그분께서 그러시더라고. 몬스터 피에도 진통 효과가 있지만 증말 최악이 아니고서는 생각도 말으라고. 어쩌믄 니도 맛본 경험이 있겠네. 어떻게 생각혀? 지금이 그때 같지 않으? 최악.]

성일은 헤라에게 말을 마친 뒤 죽임을 당한 것으로 보이는 바클란 시체를 향해 걸어갔다.

[헤라: 급할 거 없잖아! 마리께서…….]

[칼리버: 니는 그분께서 어떤 싸움을 치르고 계신지 상상도 못 할 거여. 우리가 쫌 전까지 치렀던 거? 그딴

건 아무것도 아녀.]

성일이 바클란 시체의 벌어진 상처에 얼굴을 처박았다.

[칼리버: 아따, 선지국 한 사발이 그립구만.]

헤라는 몬스터 피를 빨아들이는 성일의 뒷모습을 멍하니
바라보았다.

'뭐 이런 게 다 있지?'

몬스터 피는 식량이 없을 때 영양분을 보충하는 수단이
될 수 있었다. 혹은 직전의 말대로 진통 효과를 가지기도
한다.

거기서 오는 부정적 환각이 고통조차 짓누르기 때문이다.

그래서 그걸 한 번 맛본 이는 향수병에 젖은 패배자가 되
지 않고서야 어떤 위험한 순간에서도 입에 대는 법이 없었다.

죽음보다 더 괴로운 환각을 직면할 자신이 없으니까. 차
라리 죽고 말지.

[칼리버: 도움은 고마운디, 어쨌든지 간에 내가 끝
내야 할 일이었으.]

성일이 입가를 훔치며 일어섰다.

　[칼리버: 걱정 말드라고. 이거 쫌 마신다고 안 뒈져.
　아니, 뒈져선 안 되지.]

　성일은 그 말을 끝으로 앞장서 걷기 시작했다. 생존자들
이 따라서 일어섰다. 어떤 숭고한 의식처럼 적막 속에서 일
어난 일이었다.
　헤라는 바클란들에게 향하는 틈틈이 성일을 확인했다.
　그가 어떤 환각을 보고 있는지 알 방법은 없지만 얼마나
괴롭고 공포스러운 것인지는, 그의 꿈틀거리는 눈매를 통
해 전해져 왔다.
　한 번씩 중얼거려지는 이름들 또한 절망을 담고 나왔다.
　기철은 누구고 수아는 누구며 또 자성은 누군지.
　그런 이름들이 진통의 효과로 직접 흘러나올 때마다 성
일은 두 눈으로가 아니라 온몸으로 우는 모습을 보였다.
　그러면서도 꿋꿋이 싸움터로 향하고 있는 발걸음은 가히
경악스러운 것이었다.
　헤라는 뒤를 돌아보았다.
　생존자들도 칼리버의 우직한 등을 향해 그러한 시선을
보내고 있었다.

저게 우리와 같은 인간이라고? 어떻게 저럴 수 있지?
그분의 측근들은 다 저러신가.
그럴 리가.

그런 소리가 들려오는 것만 같았다. 생존자들이 바클란이라 불리는 악마들과 다시 싸우러 가는 길에도 전의를 잃지 않은 까닭은, 칼리버가 보여 주는 초인적인 집념 때문이 확실했다.

그렇다. 저러한 남자의 등짝을 보고 누가 아니 홀릴 수 있겠는가.

'이번에도 살아남는다면 인정해 주지. 네놈에게 향하는…… 나, 헤라의 마음을. 그게 얼마나 기적 같은 일인지 아느냐?'

헤라는 검을 쥔 주먹을 의식했다. 점점 결전의 시간이 가까워지고 있었다.

이윽고 바클란들 또한 전투를 중단하고 그것들 간에 재집결한 까닭이 눈앞에 펼쳐졌다.

[헤라: 봐라. 저것들도 얼마 남지 않았다. 저것들만
죽이면 나도 너희들도 그분의 사람들이다. 우리는 새로

운 시작의 지배자가 된다.]

바클란들을 목전에 둔 그때.
갑자기 성일이 몸을 틀었다.
핏기가 사라진 성일의 얼굴로 그가 느끼고 있을 공포심이 적나라하게 드러났다.
굵직했던 얼굴도 한순간 핼쑥해졌다.
시작의 장을 관통해 이계의 전장에서도 최선두에 섰던 남자. 그 남자를 이토록 공포로 몰아넣는 환각은 어떤 것일까?
헤라가 찰나에 들었던 의문은 바로 그것이었다. 하지만 그 시간도 잠깐.
머뭇거리던 모습을 보이던 성일이 바클란 쪽으로 다시 몸을 돌렸다.
그가 바클란을 향해 뛰어갔다. 바클란들도 마주해서 뛰어오는 것으로 전투가 시작되고 있었다.
헉헉헉.
헤라는 한 번의 발걸음마다 얼굴이며 복부며 다리까지, 온몸에서 비명을 질러 대지 않는 곳이 없었기 때문에 그와 똑같은 속도를 낼 수는 없었다.
그래도 곁으로 따라붙기에 노력한 것이 헛되지는 않았다.

성일이 바클란이 휘두른 도끼를 클로로 막아 내며 바닥으로 나뒹굴던 그때, 헤라는 바클란에게 공격을 가했다가 바클란이 밀어 차는 발에 의해서 멀찌감치 튕겨 날아갔다.

　그 이후에 성일이 바클란의 복부에 클로의 갈퀴를 꽂아 넣은 것이다.

　푸욱!

* 　 * 　 *

　"성일은 능력이 차단된 채로도 목숨을 걸고 있다. 그것도 네가 부리던 것들을 상대로. 오딘은 끝이 없는 영원의 싸움을 하고 계시지. 그들의 일분일초가 어떤 건지 넌 모를 거야."

　우연희는 바클란 여왕, 이수아의 머리채를 잡아 올렸다.

　무릎이 꿇린 채 목에도 힘이 들어가 있지 않던 이수아의 고개는 우연희를 향해 그대로 들려졌다.

　세뇌는 풀렸지만 이수아의 동공은 여전히 혼란이 가득한 채 흔들리고 있었다.

　"기다려 줄 수 없어, 이수아."

　정말이었다.

　신경아처럼 며칠의 여유를 주고 나면 정신세계가 복구

되어 정체성까지도 되찾게 되겠지만 그 며칠조차도 허락할 수 없었다.

그렇다고 세뇌의 영향 때문에 불안정한 그녀의 정신세계를 건드리는 것도 결국 죽음으로 내모는 길.

이수아 따위는 얼마든지 죽어도 좋지만 바클란 여왕은 죽어선 안 되는 것이다.

"너는 결국 네 자신을 되찾게 될 거야. 의심하지 마. 신경아도 그랬으니까."

"……그랬는가?"

쏴악—!

우연희가 던진 칼은 정확히 이수아의 뺨을 스치고 바닥에 꽂혔다.

"그 말투도 공손해질 거야."

"……하지만 그대는 이미 우리 전사들을 너무 많이 죽였느니. 그리고 가장 큰 문제를 간과하고 있다. 그분의 공능 없이 데클란의 본토를 어떤 수단으로 침공할 수 있겠는가."

이수아가 언급한 그분이란 선후를 말하는 게 아니었다.

그래서 우연희의 눈초리는 더욱 사납게 날뛰었다.

"대단해. 끝내줘. 나의 오딘."

우연희가 내뱉은 말은 이수아의 세뇌를 풀어 주는 도중

에, 그녀의 오래된 기억 중에서 읽힌 강한 기억 중 하나였다.

순간 이수아의 동공이 크게 확장되었다. 확실히 우연희가 뱉은 말은 이수아의 무의식을 자극시키는 기폭제로서 충분한 재료였다.

우연희는 그 틈을 놓치지 않고 말했다.

"오딘의 명령이다. 통로는 내가 만들어 주지. 네년은 병사들만 대."

마침내 바클란 여왕, 이수아가 승낙의 뜻을 비칠 때였다.

[전체: 길드 '칼리버와 결사대'의 칼리버가 빛기둥을 파괴하였습니다.]

우연희는 그간 자신을 짓눌러 왔던 감정이 얼마나 컸는지 그때야말로 실감했다. 어찌나 안심하고 말았는지, 순간적으로 다리가 풀리는 듯한 느낌이었다.

그런데 메시지는 그게 끝이 아니었다. 오랜만에 보이는 이름 또한 난입해 들어왔다.

[염마왕: 둠 카소가 폭주했다. 나를 도와라, 마리!]

　　　　　*　　　　*　　　　*

　쿵쿵거리는 발소리가 지면을 울리고 있었다.

　저 숲 위로 둠 카소의 고개가 삐져나온 채 이동 중이었다.

　고개를 거칠게 두리번거리며 무언가를 찾는 그 모습에서
둠 카소의 분노가 전해져 온다. 분노 속에 담긴 가공한 힘
은 또 어떤가.

　조나단이 저걸 칭할 때 괜히 '폭주'라고 했던 게 아니었
다.

　'가능할까?'

　아찔한 생각이 우연희의 뇌리를 강타하던 그때.

　둠 카소의 고개가 틀어졌다. 그녀가 있는 방향을 정확히
쫓아서였다.

　쾅쾅쾅!

　굶주린 짐승처럼 저돌적으로 달려오기 시작하는데, 한
시점에서 거대한 불기둥이 치솟아 거대 짐승의 앞을 가로
막았다.

　초열의 불기둥은 좌우로 완만한 곡선을 만들며 짐승의
등 뒤쪽으로까지 휘감아 올랐다. 우연희는 그 순간을 놓칠
세라 기척부터 감추며 둠 카소로부터 벗어나는 데 주력했
다.

거리를 벌리다 보니 도시 안이었다. 모조리 파괴되어 남아 있는 것이라곤 구더기가 들끓는 시체들뿐이다. 그마저도 온전한 시체는 보이지 않았다.

사방 군데에 아무렇게나 떨어져 있는 팔다리들로 추산하건대, 최소 30명 이상의 각성자들이 이 도시와 함께 운명을 함께한 것이었다.

남은 7개 도시들도 사정은 같으리라.

고개를 돌린 우연희는 빛기둥이 존재하지 않는 것까지 확인했다.

[마리: 어디야?]

[염마왕: 도시(3)에서 만나도록 하지.]

거기에서도 똑같은 풍경이 펼쳐졌다. 그녀가 도착한 무렵에는 거대 짐승도 불기둥을 뚫고 나와 또다시 사냥감을 찾아다니고 있었다.

순간 그녀의 두 눈이 부릅떠졌다. 조나단의 기척이 공격 거리 안으로 가까워지고 나서야 포착된 점 때문이었다.

이리도 가까워졌음에도 불구하고, 감각망으로만 조나단의 존재를 느낄 수 있었다.

[마리: 몇 레벨이야?]

[염마왕: 580]

바클란 본토 전체를 섬멸하다시피 했던 자신과는 달리, 조나단은 줄곧 둠 카소만 전담해 왔을 터.

과연 조나단의 레벨은 자신보다 낮았다.

그런데도 자신 앞에서 기척을 이렇게나 완벽하게 감출 수 있다는 점은 몇 가지 사실을 내포하고 있었다.

첫째. 과거에는 마나라고 불렸던 힘. 그것을 다스리는 능력만큼은 조나단이 자신보다 우위에 있음이 증명된 것이고.

둘째. 그러한 수련법은 선후를 통해 알게 되었을 것이며.

셋째. 조나단이 본인보다 강한 둠 카소를 지금까지 전담할 수 있었던 까닭이면서.

넷째. 최후의 장이 있기 전에 그가 정신세계에서 얼마나 긴 세월 동안 수련을 거쳤을지, 그 노력이 가상한 일이었다.

[염마왕: 현재로선 저걸 도모할 수 없다.]

우연희는 거기에는 동의했다.

[염마왕: 하지만 유능한 길잡이가 있다면 또 다르지.]

그러나 거기에는 동의할 수 없었다.

[마리: 놈의 정신세계를 공략하기엔…… 그래. 무슨 생각인지 알겠어.]

조나단은 다시금 수련할 수 있는 시간을 가지고 싶어 하는 거였다.
정확히는 선후가 거쳐 왔던 과정을 답습하려 하는 것이었고, 거기에서 둠 카소를 해치울 수 있는 확신을 발견한 것이다.

[마리: 생각해 둔 무대는?]
[염마왕: 네게 있어, 가장 안정된 무대가 좋겠다. 길잡이의 안정이 최우선이라는 것쯤은 숙지했다.]
[마리: 그런 건 저급한 길잡이들이나 따지는 법이야.]
[염마왕: 그렇군.]

그때 거대 짐승의 포효가 세상을 울려 대기 시작했다.

우연희는 서둘렀다.

*   *   *

정신세계의 주체는 우연희. 무대는 그녀의 기억 중 한 곳.

'완벽하군. 안정된 무대다.'

조나단은 어떤 무대로 들어오게 되었는지 바로 알 수 있었다.

얼핏 보면 1막 결전의 장에서 대기시간을 가졌던 무대와 같다. 그러나 당시에는 비어 있던 자리들이 이번 무대에선 한국 학생들로 채워져 있었다.

교단에서 자신을 향해 걸어오고 있는 여교사가 마리였고, 창가의 제일 끝자리에 홀로 앉아 있는 학생이 썬이었다.

그때 조나단은 교실 내 학생 중 한 명의 모습을 하고 있었다. 본인의 의지와는 상관없이 우연희가 설정해 둔 대로.

"그렇지 않아도 널 만나게 되면 대신 전해 달라 부탁받은 게 있어. 미안하다며."

우연희는 그대로 조나단을 지나쳐 가상의 선후에게 향했다.

무대는 정지된 상태였다. 때문에 그녀가 책상에 놓인 선후의 노트를 집어 들 때도, 가상의 선후에게선 아무런 반응이 없었다.

그녀는 선후의 노트를 빠르게 넘기다가 한 페이지를 고정시켰다. 그러고는 조나단이 보기 좋게 그의 책상에 올려놓았다.

낙서라고 치부하기엔 근사한 솜씨로 그려져 있었다.

무엇을 그렸는지는 조나단도 익히 알고 있는 것이었다.

그 노트에 그려져 있는 건 데클란 군단의 저열한 몬스터였다.

「분류 번호: KF—07」

"K는 한국 국가 번호고 F는 몬스터 등급. 그리고 07은 당시의 각성자들이 임의로 부여한 분류 번호야."

조나단은 우연희의 단조로운 목소리 속에서 어떤 위화감이 들었다.

"당시의 각성자들?"

"당시를 '본 시대'라 불러. 시작의 날, 인류가 쌓아 온 문명은 무너지고 종국에는 둠 카소에 의해 최후를 맞이하기까지의 날들을."

조나단은 우연희의 두 눈이 먼 허상을 좇고 있다는 걸 발견했다. 마치 몬스터 피를 마신 각성자처럼 괴로운 느낌마저 섞여 나오는 시선이었다.

"선후는 인류가 멸망하는 그 최후에서 시간을 거슬러 왔어."

정작 조나단은 조용했다. 우연희는 생각에 잠겨 있는 조나단을 내려다보다가 아예 그 옆으로 의자를 끌어다 앉았다.

"썬은 항상 절박했었지. 단지 미래를 알고 있는 것만으로는 설명되지 않을 정도로. 그러한 절박함은 실제로 겪어 봤기 때문에 가질 수 있는 것이었다…… 라는 건가."

"맞아."

"생각했던 것보다 더 안쓰러운 친구로군. 미안한 건 내쪽이야. 결국 그 친구의 짐을 덜어 주지 못했으니까."

우연희는 숨을 천천히 들이마시며 생각을 정리하는 시간을 가졌다.

어떻게 말해야 선후의 진심을 전해 줄 수 있는지는 물론, 사실을 알게 될 조나단의 반응도 걱정스러운 것이었다.

그래도 미룰 수는 없었다.

영겁의 세월에 의해 기억이 마모되고 있을 선후의 상황. 또 강력해진 둠 카소를 상대하면서 자신의 목숨도 보장할 수 없는 상황.

정말로 자신이 진실을 전해 주지 못한 채 죽고 만다면 조나단에게 들려줄 이야기는 아주 저편으로 사라지고 마는 것이다.

우연희는 사실을 털어놓기까지 시간이 걸렸다.

"레베카 헌터. 본 시대에 있었던 네 딸의 이름이야."

그러며 그녀는 조심스레 조나단의 표정을 살폈다.

눈썹 하나 찡그리지 않는 무덤덤한 표정. 그러나 그러한 표정은 속마음을 감추도록 강요받아 왔던 지배자들에게서 흔히 볼 수 있는 반응이다.

순간 우연희는 감응 능력을 개방시키고 싶다는 유혹을 느꼈다.

"레베카. 레베카. 내 어릴 적에 돌아가신 우리 어머니의 성함이다. 나는 그런 이름을 물려주었군."

"⋯⋯."

"썬만큼 가족을 소중히 여기는 이를 본 적이 없다. 그 친구답지 않나? 있지도 않은 내 딸까지 염려하는 마음이라니."

"동감이야."

"너는 본 시대를 봤었나?"

"물론."

"본 시대의 나와 썬도 봤겠군."

"……."

"어쩌면 너도 알고 있을 일이지. 이 무대, 그러니까 97년 당시 난 월가에서 쫓겨날 처지에 있었다. 하지만 그때가 내 인생의 전환점이기도 했다.

뛰어난 식견을 가진 한 투자자의 메일이 날아왔었지. 우리는 그렇게 만났다.

썬이 날 찾지 않았다면 나는 월가의 패잔병으로 결국 추방되고 말았을 테지. 그런 패잔병 따위가 시작의 장을 얼마나 견디겠나.

승리를 쟁취하는 방법을 모르는 이는 어디에서나 마찬가지다. 승리를 거둔 적이 없는 이는 학습될 것도 없단 말이다.

확신하지. 본 시대의 나는 별 볼 일 없는 패배자의 신세를 벗어나지 못했을 것이다.

패배자들은 본인의 패배를 가족으로부터 위안받는다. 썬을 두고 하는 말이 아냐. 어디까지나, 패배자에 불과했을 본 시대의 나를 향해서 하는 말이지.

썬이 본 시대에서 봐 왔을 내 모습이라곤 그렇게 비참한 모습뿐이었을 것이다. 레베카 헌터라…… 미안할 것도 없군."

그때였다.

아!

문득 우연희는 뒤통수가 얼얼하다 느낄 정도로 깨달은 바가 있었다.

패배자들은 본인의 패배를 가족으로부터 위안받는다. 패배자들은 본인의 패배를 가족으로부터 위안받는다. 패배자들은……

그녀의 뇌리에선 조나단이 직전에 했던 한 말이 연거푸 울려 댔다. 지배자들에게는 당연한 언사겠지만 선후가 바란 조나단의 모습은 이런 게 아닐 것이다.

갑자기 우연희가 눈물을 글썽거리자, 본 시대가 언급된 이야기에서도 꿈쩍하지 않던 조나단의 눈썹이 꿈틀거렸다.

그때 우연희가 보이는 눈물은 선후가 조나단에게 본 시대의 일을 전해 달라고 했던 진짜 저의를 깨달았기 때문이었다.

미안한 마음을 전하려는 것 외에도 또 한 가지.

'선후는 조나단이 예전과 같은 인간미를 조금이나마 되찾길 바랐던 거야. 남겨진 본토의 지배자로 조나단을 택했으니까.

우리가 둠 카오스를 꺾으리라는 건 믿고 있어. 그러나 정작 자신이 돌아올 가능성은 크게 치지 않았던 거였어…….

둠 카오스를 제거할 수만 있다면, 본인의 목숨 정도는 얼마든지 불사르겠다는 거지. 그렇지 않고서야 전쟁이 끝난 후에 본인이 직접 전해도 되는 걸 왜 내게 부탁했겠어.

선후는 둠 카오스와 공멸할 수도 있어.'

우연희는 자신의 입술을 깨물었다.

"본 시대의 내가 보고 싶군."

"그렇지 않아도 보여 줄 참이었어. 아빠였던 네 모습을."

*　　　*　　　*

본 시대의 조나단은 항상 술 냄새를 풍기고 다니는 남자였다.

얼큰하게 취할 때면 선후를 붙잡고 그 이름 '레베카'를 수도 없이 되풀이했다. 얼마나 예쁜 아이였는지, 말은 또 얼마나 영특하게 잘했었는지.

"매일 밤 잠자리는 두근거리는 설렘으로 가득했었다. 그 때문에 잠이 잘 오진 않았지만, 그것만으로도 좋았다. 어쨌거나 다음 날은 올 테고, 다음 날이 되면 잠에서 깬 레베카를 다시 볼 수 있었으니까. 너도 자식을 가지게 되면 알 거야……."

그러한 장면들이 진짜 조나단의 앞을 수없이 스쳐 댔다.

마지막은 딸의 복수를 부르짖으며 걸어가는, 한때 아빠였던 조나단의 뒷모습으로 끝이 났다.

"이게 내 본 시대의 마지막이었군."

우연희는 고개를 끄덕거렸다. 그러면서 확인하건대 조나단의 얼굴에선 지배자의 가면이 살짝이나마 벗겨져 있었다.

은연히 흔들리는 동공이 그랬다.

"그 친구가 미안해할 게 뭐지? 레베카는 본 시대에서 이미 죽…… 었으며 나도 죽었다. 그리고 지금에 와선 썬 덕분에 지금껏 연명하고 있지. 너는 어땠지? 마리."

"아마 나도 선후를 만나지 않았다면 죽었을 거야. 정신병동에서."

"그렇게 우리는 그 친구에게 구명받은 거다. 이 전부가 썬의 부탁이라 했나?"

"그래."

"쓸데없는 부탁이었어. 워낙에 계산이 많아, 언제고 최악을 염두에 둬 온 게 그 친구였다. 하지만 썬이 말한 최악은 어디까지나 가정일 뿐 일어난 법이 없었다. 이번에도 그래. 그 친구 스스로 최악을 지워 나가고 있을 테지."

조나단은 그렇게 이를 갈 듯이 말하며 우연희의 어깨에 한 손을 올렸다.

"다신 눈물 따윈 보이지 마라. 썬은 강하다. 우리만 잘한다면 언제 그랬냐는 듯 승리를 거두고 돌아오고 만다. 이제 수련을 시작하지."

　우연희는 고개를 끄덕였다. 조나단이 했던 말 중 그 말에서 큰 위안을 받았다.

　선후 스스로 최악을 지워 나가고 있을 거라는…….

Chapter 8.

　놈과 **나**는 많은 부분이 유사하지만, 절**대**적으로 다른 점
이 존재**한**다.

　그 점 때문에라도 **우**리가 형제**일**지 모른다는 의심은 오
래전에 버렸다.

　내 신격의 근원이 내부에 있는 반면, 놈의 근원은 외부에
있는 것인데, 무슨 까닭에선지 놈은 **아**주 천천히 힘을 잃어
가고 있는 중이다.

　그리고 주기는 점점 짧**아**지고 있다.

　확신하건**대** '그날'이 분기점이었다.

　그날.

그날 말이다.

그날을 떠올리는 것만으로도 눈구덩이와 신격의 근원에
새겨진 흉터가 억겁의 세월을 뚫고 또다시 화끈거리는 것
처럼 느껴지는 건 어쩔 수 없다.

왜인지 당시에 **나**는 **한** 눈뿐이었는데, 그날은 남은 눈
마저 잃어버리며 신격의 **일**부분까지 상실되고 만 날이었
다.

그날 **나**는 어떤 능력을 잃었는지는 지금에 와서도 신경
쓰이지 않는다. 놈과 전쟁을 지속하는 데에는 전혀 방해가
되지 않았기 때문이다.

어쨌거**나** 그날은 시작을 알 수 없는 시작점에서부터 지
금까지를 통틀어 가장 격렬하게 싸운 날이었다.

어떤 **한** 이름에서 시작된 것으로 기억**한**다.

지금에는 그 이름 또**한** 잊혀지고 말았지만, 그것의 죽음
이 알려진 이후 놈이 전장에서 벗어**나**려고 시도했던 점만
큼은 잊지 않았다.

최초의 시도였다.

그날을 분기점으로, 놈에게선 전장을 옮기려는 시도가
꾸준히 있어 왔다.

왜 전장을 옮기고 싶어 하는지는 알 수 없다.

하지만 그것이 진정 놈이 바라는 바라면 거기에서 놈이 **나**를 완전히 끝장낼 수 있는 방법을 발견했기 때문**일** 테니.

나는 그런 놈을 저지해야 할 것이다.

나는 놈을 죽이기 위해 만들어졌으니까. 놈도 **나**를 죽이기 위해서.

그렇게 **우리**의 존재 이유는 서로를 죽이는 데에 있었다.

그래서 드는 의문이었다.

무슨 까닭으로 **나**는 이토록 놈을 증오하고 있는 것**일**까.

보라. 모든 건 **우연**히 **일**어**나**지 않는다.

단지 망각되었을 뿐이지. 이 전장이**나 우리**가 서로를 죽**일** 목적으로 끝없는 전쟁을 계속해 오는 데에는 다 시작이 있었던 것**임이** 틀림없다.

하지만 놈과 다르게, **나**는 왜 놈의 죽음만을 최**우**선으로 여기고 있는 것**일**까? 유**일**해지겠다는 욕심은 왜 이리 작은 것**일**까?

우리가 신격의 근원을 서로 다른 곳에 두고 있는 것만큼이**나** 그 또**한** 큰 차이점**이**다. 서로의 죽음을 바라는 것은 같**아**도 목적만큼은 다른 것이다.

놈이 날 죽이려 하는 까닭은 본인이 유**일**해지기 위해서인 반면에 **나**는 놈의 죽음을 최고로 치고 있다.

바로 거기에서 건**성**건**성** **일**을 도모하지 못하게끔, **나**를 지배해 오고 있는 오래된 버릇들이 **나**오고 있는 것이었다.

정말이지 놈을 죽**일** 수만 있다면 무엇이든 할 수 있다.

놈의 죽음을 떠올리는 것만으로 이리도 가슴이 벅차오르지 **아니한**가.

지금까지 놈의 죽음은 원**대한** 포부에 불과했었다. 그러**나** 영원**한** 세월 속에 **조**난당**한** 이 여행자에게 길을 보여 주는 게 있으니.

놈 스스로 하**나**둘 꺼트려 가는 빛이 바로 그것이리라. 놈에게서 **한** 줄기의 빛이 사라질 때마다 이 여행자에게는 이정표가 되어 왔다.

본래 놈에게는 500여 개의 빛줄기가 존재했었다.

하지만 지금!

놈에게 이어진 빛줄기는 200여 개에 불과하다. 비로소 **우**리는 순수**한** 힘만 따져 보자면, 동등해진 것이다.

다시 보라. 모든 건 **우연**히 **일**어**나**지 않는다.

놈이 저렇게 스스로 힘을 잃어가는 게 과**연** **우연**히 **일**어난 것**일**까?

천만에.

온 **우**주가 강력하게 요구하고 있는 것이다.

*기회는 지금이다. 전 **우**주가 너를 돕고 있다. 놈을 죽여라. 저 사악**한** 신을 죽여라! 네 **한** 몸을 불사를지라도!*

나는 거기에 응해 줄 생각이었다. 전신에 가득**한** 흉터의 자극 따윈 짓눌러 버리며 공격을 가할 뿐이다.

내 자랑스러운 피**조**물들과 함께.

그때 놈도 내 병사들을 베며 거리를 좁혀 오고 있었다.

＊　　　＊　　　＊

놈이 **일**으킨 공격이 눈앞을 시뻘겋게 만들었다. 만들어진 것에 불과**한** 두 눈알은 놈의 가벼운 입김**조**차도 버텨 내질 못했다.

으.

거기에서부터 흘러내리는 피가 양 뺨을 적시는 게 느껴지기도 잠깐.

두 눈을 부릅뜬 곳으로 시야가 다시 선명해졌다. 또 터진들 다시 만들어 내면 되는 **일**이다. 그쪽으로 소비되는 힘은 놈이 직전에 잃은 힘에 비하면 0에 수렴할 정도로 미비**한** 것!

과**연** 육안상의 시야를 되찾자마자 감각 망으로는 읽히지 않은 게 보였다.

놈의 눈 말이다. 놈 역시 언젠가 입은 상처가 좌측 이마에서부터 오른 턱까지 비스듬히 그어져 눈을 지나친 흉터로 자리 잡았지만.

나와는 다르게 신격으로 부릅떠져 있다. 전장 바깥까지 볼 수 있는 놈만의 힘.

그러나 거기에서 확인하고 싶은 건 다른 게 아니었다. 놈의 시선 처리. 날 노려보는 와중에도 내게 완전히 몰입하지 않은 뭔가를 느낄 수 있었다.

놈은 이번에도 전장을 옮기는 데 중점을 두고 있는 것이다.

전장 바깥에 대체 무엇이 있는지는 모를 일이다만 반드시 막아야 한다. 지금껏 그렇게 버텨 왔듯이!

거의 동시에 시작됐다.

팟!

놈이 만들어 낸 기운은 흑색의 빛깔. 내가 만들어 낸 것은 금색의 빛깔. 흑금(黑金)의 두 기운이 서로를 붙잡고 늘어지면서 전장 전체로 퍼져 나간다.

그 순간 놈도 나만큼이나 오늘의 싸움에 큰 각오를 하고 나왔다는 걸 깨달았다.

놈은 제 몸을 보살피지 않았다. 놈의 흉터가 급격히 벌어져 버리며 **아**까운 기운들을 흘려 내기 시작했을 때야말로.

초열에 온 피부가 녹**아**내리는 듯**한** 고통이 엄습해 왔다.

"으으윽……."

내 입술 사이에서 **나**오는 소리였다.

놈이 폭발시키는 힘에 **대**적해서 힘을 끌어올리던 때에 내 흉터 전부도 결국 벌어지고 만 것이었다. 서로의 힘이 동등해진 것과는 별개로, 그간 누적되어 온 흉터는 내 쪽이 압도적으로 많았다.

정작 큰 문제는 가슴 쪽 흉터가 벌어지며 드러**나**고 만, 신**성**의 근원에 있었다.

그 옛날처럼 놈에 의해 신**성**의 근원에 피해를 받**아**선 안 된다는 경고가 뇌리에서 번뜩였다. 고통스러운 계산이 획획 돌았다.

만**일** 신**성**의 근원을 포기해서 놈을 죽**일** 수 있다면 얼마든지 그렇게 하겠지만. 그것으로 놈을 껴안고 소멸의 불구덩이 속으로 뛰어들고 말겠지만.

현재로선 가능**성**이 없는 **일**이다.

계산을 끝낸 **나**는 신**성**의 근원을 보호하는 쪽으로 힘을 분배했다.

그때 팽팽하게 힘을 겨루고 있던 흑금(黑金)의 기운은 지금까지 그래 왔던 것처럼 놈의 **우**세로 기**우**는 **조**짐을 보였다.

예기치 못**한** 곳에서 칼날이 날**아**와 스쳤다. 어딘가의 피부를 긁고 지**나**갔다. 빌어먹을. 또 하**나**의 큰 흉터가 이 몸에 생기는 순간이었다.

놈이 **권**능으로 **일**으킨 검은 손**아**귀가 내 발목을 쥐었다.

그것은 **나**를 지상으로 내동댕이칠 목적으로 꽤 강**한** 힘이 실려 있었고, 속이 메스꺼울 정도로 크게 으스러지는 소리를 어김없이 동반시켰다.

드드드득, 다리뼈가 으스러진 소리였다. 군데군데 터져버린 피부 사이에서는 어김없이 황금이 기운이 피처럼 흘렀다.

그렇지 않**아**도 온갖 흉터가 벌어져 있었기 때문에 급격히 빠져**나**가는 힘은 충분히 위협이 될 수도 있는 **일**이었다.

그러**나** 그러**한** 일격을 허용**한** 까닭이 무엇 때문이겠는가!

발 **한**쪽이 뜯겨 **나**가는 **한**이 있더라도 놈에게서 빼앗**아**와야 하는 게 있었다. 그 어느 때보다 놈이 본인을 **아**끼지 않는 지금.

놈과 동**일한 권**능을 직전에 완**성**해 두었다.

화악—!

금빛의 손아귀가 놈을 향해 뻗어가는 게 감각망 안에서 뚜렷했다.

네놈은 절대 벗어나지 못한다. 내게서.

없는 눈이 또 뒤집어 까지는 듯한 고통이 먼저 부딪혀 왔다.

저항 끝에 결국 오른 다리가 뜯겨 나가고 말았기 때문이었다. 그러나 나의 권능도 놈을 쥐어뜯고 지나가는 데에 성공했다.

비록 놈이 내게 가한 것처럼 놈의 사지 중 무엇도 뜯어내지는 못했으나 소기의 목적이 바로 목전에 이르러 있었다.

놈에게서 공간을 다스리는 권능을 제거할 수 있다면!

그 제물로 다리 한쪽 따윈 얼마든지 바칠 수 있는 것 아니겠는가.

권능의 손아귀 안으로 놈에게서 뜯겨 나온 게 쥐어졌다.

콰직!

그것이 손아귀에서 터졌다. 그때 천상이고 지상이고 할 것이 없이 흔들렸다. 이는 전장 자체가 파괴되려는 현상이다.

그건 예상치 못**한 일**이었다. 그제야 까마득히 먼 옛날에 있었을 시작점의 사실 하**나**를 깨닫고 말았다.

이 전장은 놈에 의해서 만들어진 것이라는 것을!

전장의 파괴와 함께 놈의 병사와 내 병사들이 죄다 갈려 **나**간다.

* * *

어딘가로 추락하고 있었다. 그렇지만 웃을 수 있었다.

기시감을 받았기 때문이었다. 남**아** 있던 눈알 하**나**와 신**성**의 근원에 생채기가 생겼던 그 옛날에도, 이렇게 웃었던 것 같다.

나는 육신에 치명상을 입었지만, 놈은 외적으로 치명상을 입었다. 이것으로 놈은 전장을 옮기려는 시도**조**차 할 수 없게 되었다.

그때.

등 뒤로 뭔가에 부딪혀 골이 흔들렸다. 그것은 거**대** 결계였다.

지금껏 전장 바깥에 위치하고 있던 차원을 보호하고 있는 것이었는데, 어느 생명력을 집**대성한** 구**성**이 증강된 것이었다.

또한 신격으로 구성된 게 아님에도 나나 놈에게서 단시간 정도는 버틸 수 있게끔 만들어진 사실에 약간의 놀라움마저 일었다.

그런데 더 큰 놀라움은 결계 안에서 내게 동조해 오는 뭔가에 있었다. 결계의 근원에서 흘러나온 그것이 내게 시사하는 바는 분명했다. 바로 내가 이 결계의 주인이라는 것이다.

결계 안으로 들어가고자 한다면 나를 받아들일 것이다.

결계 전반에서 진동이 느껴졌다. 충격의 파장이었고 놈도 저 멀리 결계 위로 충돌했었는지 날 특정해 모습을 드러내고 있었다.

나는 날아가 버린 신성의 다리 대신, 새로운 다리를 만들어 내며 몸을 일으켰다.

만들어진 것에 불과한 눈과 다리라고 해도 그쪽으로 보호할 수 있는 힘을 분배할 수만 있다면 놈과의 싸움에 크게 도움이 될 것이다.

놈이 힘을 잃어 가는 주기가 짧아지고 있다. 다음 순간은 직전보다 더 빨리 찾아오겠지. 그때가 되면 나는 공멸을 머릿속에서 지워도 될 만큼 놈의 우위에 서게 될 것이다.

그래서 드는 아쉬움이다. 눈과 다리에 분배할 만한 힘이 없다는 것이.

그때, 뇌리가 곤두서는 느낌을 받았다. 발밑, 결계의 **아**래에서 **일**어**나** 있는 힘 때문이었다.

그 힘은 결계 **아**래의 시간을 붙잡고 있는데 사용되고 있는 힘이자 **나**와 동**일한** 힘, **아**니 시작점의 내가 남겨 둔 힘이었던 것이다.

강력**한** 결계는 증폭된 힘으로 거둬들인다 해도 큰 도움이 되지 않겠다만 차원 하**나**의 시공을 얽매고 있던 힘이라면……

다음 주기가 도래하기까지 놈과 싸울 수 있는 시간을 벌어 주리라!

결계 **아**래에 얽매이진 힘을 거둬들이면서였다.

*이게 **우**리의 마지막, 승부수가 되겠구**나**.*

*　　　*　　　*

질리언은 깜짝 놀라며 눈을 깜박거렸다. 제시카도 마찬가지였다.

우르르릉 하는 굉음이 하늘 멀리에서부터 울려왔기 때문이었다.

악신 둠 카오스가 그것의 눈깔로 세상을 내려다보았던

엊그제를 연상케 하는 소리가 또다시 지상을 때렸다.

고대 바이킹들이 천둥소리를 토르의 망치질 소리로 믿었듯이, 그 소리는 어떤 자연 현상이 아니라 인외(人外)의 영역에서 시작된 것처럼 공포스럽게 다가왔다.

그리고 지금까지의 정황상 그리 추정하는 것이야말로 합리적인 판단일 것이다.

바야흐로 신들의 전쟁이 펼쳐진 시대가 아니던가. 그게 진실이다.

질리언은 황급히 머리를 쓸어 넘겼다. 제시카가 그의 떨리는 손이나 감정을 다스리려는 노력을 발견하며 말했다.

"우리, 바로 전까지만 해도 집무실에 있었잖아요."

그럼에도 불구하고 질리언에게선 대답이 나오지 않았다.

제시카는 질리언이 그 어느 때보다 두려움에 시달리고 있다는 걸 깨달았다.

야외 주변에는 그들처럼 하늘을 올려다보고 있는 사람들이 많았다. 바깥에서 작업 중이던 직원들이자, 클럽 회원들이 대동해 온 일행들이다.

그러나 단연코 남편 질리언만큼 겁에 질려 있는 이는 없는 것이었다.

제시카는 질리언의 손을 잡으며 말했다. 질리언의 손은 계속 떨리고 있었다.

"당신, 뭘 감추고 있는 거죠. 제게 들려주지 않은 게 뭐예요?"

제시카의 질문은 예리했다.

질리언이 입술을 더듬거리며 뭔가를 말하려 할 때였다.

하늘에 괴현상이 나타났다. 질리언의 입은 그것으로 인해 닫히고 말았다.

저 위로 보이는 것들. 그러니까 구름이며 태양 그리고 빈 공간의 푸른 하늘 전부가 일렁거렸다가 원상태로 돌아오는 기묘한 현상이었다.

"나만 본 게 아니지?"

질리언이 물었다.

"저도 봤어요."

그 대답에 질리언은 사색이 된 얼굴로 뛰어나갔다.

"회원들을 소집해 주게! 지금 바로!"

제시카는 허둥대는 질리언의 뒷모습을 보면서 본인까지 그의 두려움에 전염되는 느낌이 들었다.

그녀는 어쩐지 소름 돋는 팔을 쓰다듬었다. 그런 후 클럽 회원들에게 일괄적으로 메시지를 보냈다. 믹을 따로 찾은 건 그다음이었다.

믹, 클럽에서 청소부 조직을 운용하는 자.

그러나 그의 조직이 맡은 임무는 클럽 바깥의 문제를 물

리적으로 해결하는 것 외에 협회 회의의 보안을 지키는 데
도 있었다.

제시카가 협회 본부로 들어온 날에 제일 먼저 불러들인
게 그였다.

"메시지 받았습니다."

"당신에게 부탁하고 싶은 건 한국 정부예요. 지금은 계
엄 사령부라고 할 수 있겠네요."

협회 본부는 한국 정부에 공여받은 한반도의 서쪽 해안
한 도시에 세워졌다. 그리고 전 세계의 권력자들이 여기 세
계 각성자 협회 본부에 모여 있었다.

인류가 한뜻으로 각성자들의 승리를 염원해야 하는 데는
누구도 이견이 없을 것이나, 최악을 가정해 두고 대비해 둬
야 하는 것도 사실.

그러나 최악. 그분과 각성자들이 패배하여 말세(末世)가
도래하고 만다면 당장 직면해야 할 적은 악신 둠 카오스가
아니다.

한국의 계엄군들이 될 공산이 높다.

클럽의 진짜 이름을 모르지만 적어도 세계의 권력자들이
한자리에 모여 있는 걸 두고 보지는 않을 거란 말이다. 정
말이지.

"최악의 경우, 회원들을 볼모로 잡아 이용하려 들 수도

있겠죠. 최대한 본인들에게 이득이 되는 쪽으로요. 그것이 평화적인 방법이든지 아니든지 간에."

믹도 제시카처럼 그녀의 귓가로 속삭이듯 대답했다.

"그들을 주시하고 있겠습니다. 하지만 아실 겁니다. 처형 명령은 최고위의 인가가 있어야 합니다. 지금은 당신의 남편이지요, 제시카."

"이것부터 확실히 하죠. 인가가 떨어지면 해낼 수는 있습니까? 여긴 그들의 안방이에요."

"문제없습니다."

"그럼 만반의 준비를 갖춰 두세요. 그런 일이 없으면 하지만⋯⋯."

클럽 회원들이 한자리에 모여 있기 때문에라도 인류가 최후의 항전을 갖추기 위해선 반드시 필요한 작업.

외부의 개입을 사전에 차단하고 회원들끼리 단결해야 한다.

그럼에도 한국 계엄군 사령탑들의 모가지부터 끊어 놓고 시작하자는 제안을 쉽게 승낙할 남편이 아니기에, 제시카는 마음을 독하게 먹기로 했다.

하지만 회의가 시작되었을 때.

제시카는 그러했던 각오가 얼마나 부질없는 것이었는지 깨달았다.

　　　　　*　　　　*　　　　*

　비상시국 그리고 이백여 명의 회원들이 전부 운집한 상황이었다.

　그런데도 회의장은 이상하리만큼 정숙한 분위기였다. 제시카는 그 원인을 남편의 옆에 서 있는 남자에게서 발견했다.

　그 남자는 누가 보더라도 각성자였다.

　'남아 있는 각성자가 있었어?'

　"제자리를 찾아 앉아 주십시오. 권좌의 명령입니다."

　고압적인 목소리가 바로 옆에서 들렸다.

　하나뿐인 출입문을 지키고 서 있는 또 다른 남자가 하는 말이었다.

　실내로 들어오기 전에는 벽에 가려져 볼 수 없었는데, 들어서고 나자 남자의 손에 쥐어진 칼을 볼 수 있었다. 남편의 바로 옆에서 호위하듯이 서 있는 남자의 손에도 칼이 보란 듯이 들려 있었다.

　금방이라도 칼부림이 일어날 것 같은 분위기가 바로 정숙의 원인이었다.

　제시카는 이제 중간까지 밀려난 자신의 자리를 찾아 앉았다.

이어 소란스럽게 들어오던 다른 회원들도 입을 다물어 버리며 자리에 앉기 시작했다. 그리고 모두가 모였을 때였다.

권좌에서 질리언이 일어났다.

"묵념."

그분께 바치는 묵념이자 회의의 시작을 알리는 개회사.

회원 일동은 엄숙한 가운데 고개를 숙였다.

"그만."

이윽고 질리언이 자리에 앉자마자 말했다.

"천공에서 일어난 현상들은 전 세계에서 공통적으로 보인 것이었소."

그때도 굉음이 우르릉거리며 울렸다. 시작된 이후부터 조금의 쉼도 없었다.

"그러니 거두절미하고 말하리다. 우리 남은 인류도 자체적으로 전비를 갖춰야겠소. 세 단계로 나눠 1차로 현재 군 소속의 모든 군인들을 무장시킬 계획이오."

그제야 제시카는 질리언이 겁을 먹었던 원인을 깨달았다.

정말로 남편의 목소리는 떨리면서 나왔다.

본인의 입으로 전 인류의 군인화를 지시하는 심정이 어떨지, 상상은 할 수 있을지언정 공감의 영역은 아니었다.

솔직히 제시카는 질리언이 스스로 그런 결단을 내렸다는 게 믿기지 않았다. 다른 누구도 아닌 남편이……

가능성 높은 가정은 남편이 전대의 지시를 이행하고 있다는 것인데.

그 가정에서도 남편은 전 인류를 불길 속에 내던져 버리는 지시를 이행할 사람이 아니었다. 하지만 현실은 분명했다.

남편 또한 전 인류를 군인화시키는 데에 동참하고 있는 것이며, 지금껏 자신은 남편을 잘못 판단하고 있었던 것이다.

제시카는 남편이 속으로 어떻게 울고 있을지 뻔히 보였다. 그녀의 눈가가 촉촉이 젖어 들어가는 건 그 때문이었다.

장내가 술렁였다.

서슬 퍼런 칼이 앞과 뒤에서 회원들을 위협하고 있어도 질리언의 언사는 회원들을 혼란에 빠트리기에 충분한 것이었다.

"어, 어떤 무장을 갖춘단 말입니까. 우리의 무엇도 통하지……."

"각성제를 비축해 두었소. 전 인류를 무장시키고도 남을 양으로. 명심하시오. 불복은 용납하지 않소. 그분의 질서하에서 특혜를 받아 온 여러분들은 물론이거니와 보호를 받아 왔던 전 인류 역시 클럽과 운명을 함께하게 될 것이오."

질리언이 고개를 끄덕여 보였다.

문가에 서 있던 각성자는 아예 출입문 중앙으로 걸음을 옮겨 버티고 섰다.

쿵!

각성자의 발걸음 소리가 굉음을 뚫고 나왔다. 실제로 각성자가 실력 행사로 바닥을 찍어 버린 칼끝에서나 발자국에선 큰 소리가 울렸다. 주변으로는 거미줄 같은 균열을 만들어 냈다.

질리언은 테이블 밑에서 가방을 끌어 올렸다.

그는 거기에서 서류를 한 움큼 꺼내 집었다. 그러고는 권좌에서 내려와 특정된 회원들에게 서류를 건네기 시작했다.

서류에는 각 나라에 있는 창고의 위치와 각성제 수량이 적혀 있었다.

그걸 본 회원들의 얼굴은 사색이 되었다

"……우리 전 인류는 마지막 한 사람까지 싸우다가 죽을 것이오."

비장한 발언이었으나.

악신이 그 거대한 신형으로 전 세상을 짓밟기 시작하면 각성제로 무장한들 무슨 소용이란 말인가.

회원들의 눈동자 속에는 인류의 끝이 제멋대로 그려졌다.

"여러분들은 이제야 어떤 보호를 받아 왔는지 실감하는 모양이오."

질리언은 냉소를 지을 힘조차 없었다. 회원들에게 하는 말이자 자신 스스로에게도 하는 말이기에, 그의 눈동자에서도 공포스럽고 고통스럽기만 할 광경이 펼쳐지는 중이었다.

"그럼 지금 바로 여러분들이 앉은 그 자리에서 준비시키시오."

제자리로 돌아온 질리언은 무너지듯이 앉았다. 대신 그의 눈빛을 전해 받은 각성자가 단상에서 내려와 미 대통령 앞에 서 그를 노려보았다.

미 대통령이 핸드폰을 꺼내 들 즈음에 질리언의 당부사항이 이어졌다.

"또한 성년인 모든 국민들을 징집할 수 있도록 조치해 둬야 할 거요. 남녀 할 것 없이 성년이 된 인류는 전부……."

그때였다.

출입문이 부서질 듯 열리며 묵직한 소리가 난입해 들어왔다.

거기를 지키고 있던 각성자는 즉각 반격에 나서려다가, 난입자의 정체를 확인하고는 황급히 물러섰다.

"한 사람의 강력한 의지는 세상을 천국으로 만들 수 있지만, 그에게는 지옥이 될 수 있다. 지금 오딘이 치르는 싸움이 그러한 것이다."

염마왕 조나단이었다.

*　　*　　*

둠 카소를 처치한 순간에 이룩한 가공할 성장 때문이 아니더라도.

원래부터 그의 눈빛에는 쳐다보는 것만으로도 대상을 굴복시키는 무시무시함이 깃들어 있었다. 가뜩이나 비장함까지 얽혀 있었다.

그에게 질문을 하기는커녕 눈을 마주칠 수 있는 이조차 없었다.

"최후의 장은 너희들이 인지하지 못한 사이에 말엽으로 치달았다. 나는 거기서 돌아왔다."

질리언이 황급히 권좌에서 일어섰으나 조나단은 거기에

앉지 않았다.

그는 그대로 질리언을 스쳐 지나가 창가에 섰다.

"여기에선 안 보이는군."

그가 회원들이 이해할 수 없는 말을 중얼거렸다.

둠 카오스와 썬의 싸움을 육안으로 쫓고 있는 한편, 그의 머릿속에선 직전에 들은 마리의 목소리가 울리고 있었다.

> "모든 빛기둥을 파괴해야 하는 건 아닐 거야. 틀림없이 힘의 우위가 나뉘는 기점이 있을 테고 난 우리가 그 순간을 지나왔다고 생각해. 그러니까 부탁해. 본토에서 선후를 기다려 줘. 선후에겐 네가 필요할 거야. 너도 선후가 이기리라 믿고 있잖아. 나머진 우리에게 맡기고."

오버로드 구간에 진입한 순간, 어렴풋이 느낄 수 있었던 초월자들의 세상은 보다 선명해졌다. 그를 두렵게 만든 점은 그러한 깨달음에서 왔다.

빛기둥이 수없이 파괴되는 동안에도 이어져 온 썬과 둠 카오스의 전쟁.

그러니 썬의 승리가 가까워진 것은 이제 믿음이 아니라

합리적인 추론이다.

하지만 그러한 과정에서 썬이 겪어 왔을 영원한 세월은?

그 친구의 모든 기억을 앗아가 버리고 말 일!

자신이 누구며 왜 그러한 전쟁을 감당해 왔었는지까지 전부를.

전 우주를 주관하는 유일 신격의 탄생은 가히 상상을 지극히 뛰어넘어 버리는 일이지만, 그렇기 때문에라도 두려운 일이었다.

그 신격의 눈에 이 작은 차원 따위가 어떻게 비칠까. 그보다 조나단은 썬을 잃어버린 자신의 모습을 생각하기가 힘들었다.

분명한 것은 하나.

'인류가 멸망한 슬픔보다 더 큰 슬픔이겠지. 고통이겠지.'

조나단은 생각만으로도 가슴이 아려 왔다. 그는 이를 악물며 회원들에게로 몸을 돌리며 말했다.

"다른 지역에선 포착된 게 있을 것이다."

"무엇을 말씀하시는 건지요?"

"오딘과 악신."

　　　　*　　　*　　　*

　북미 대륙의 한 이용자가 업데이트한 영상에는 하늘의
괴현상이 담겨 있었다.

　타 이용자들의 영상과 차별된 부분이 있었는데, 흑금(黑
金)의 서로 다른 빛을 방출하는 뭔가가 엉켜 있다가 사라지
는 새로운 현상이 포착된 점이었다.

　그 영상을 시작으로 육 대륙 각지에서 비슷한 영상이 업
데이트되고 있었다.

　카메라에 담을 수 있는 범위 전체가 그러한 두 가지 색채
로 물들어 있었으며, 그러한 새로운 기현상은 동시간 대에
세계 곳곳에서 발견되었다.

　세계 전체를 타격한 공포에.

　마루카 일족의 군주라 알려진 존재의 끊임없었던 목소리
도 힘을 잃어 가던 시각.

　　"오딘은 우리 모두에게 공포였다. 너희들은 그러
　　한 존재의 보호하에 있다."

　항상 그 마루카 일족만을 비췄던 전광판이며 모니터들
전부가 백색으로 지워지더니 모두에게 친숙한 얼굴이 나타

났다.

그때 흘러나오기 시작한 목소리가 대중들을 진정시키기 시작했다.

누군가는 집 안 가족을 부둥켜안은 채, 또 누군가는 멸망을 대비하여 생필품을 구하러 다니는 중에, 또 누군가는 계엄군에 소집된 채로

"흑빛의 발광체는 눈깔의 주인이다. 우리들에게는 악신(惡神) 둡 카오스라 불렸던 악마.

그리고 이에 대적하는 금빛의 발광체가 우리들의 영도자 오딘이시다.

최후의 장과 오딘께서 벌이시는 싸움 역시 끝이 머지않았으며 그 끝에는 그들의 승리가 있으리라 확실시되고 있다.

그러니 왜 우는가. 어째서 싸우는가. 무엇을 두려워하는가."

조나단의 목소리는 하루가 넘도록 전 세계에 울려 퍼졌다.

그 무렵.

세계 곳곳에서 동시간 대에 발견되었던 괴현상이 한 지

역으로 고정되는 일이 일어났다. 조나단은 그 지역에 있었다.

시민들과 그들의 틈바구니에 끼어 있는 취재진들은 물론, 그분의 싸움을 두 눈으로 담겠다는 클럽 회원들까지도.

조나단은 그때 몰려드는 사람들을 막지 않았다.

사람들이 감정을 표출하는 방식은 다양했다. 하지만 하늘을 올려다보며 내는 눈빛만큼은 남녀노소 신분의 구별 없이 한 마음으로 동일한 것이었다.

제발.

*　　　*　　　*

시작을 알 수 없는 영원**한** 전장.

거기에서 놈은 천상을, **나**는 지상을 장악했었던 시절이 있었다.

어렴풋이 떠오른다. 그때 놈이 어떻게든 결**단**을 내렸다면, 최소**한** 공멸을 도모할 수 있었을 테지만 놈은 그러질 않았다.

태생부터 **우**리의 존재 이유는 그렇게 달랐다. 놈을 이해할 수 있는 순간은 절**대** 오지 않을 **일**. 놈을 향**한** 이 강력**한** 증오의 원천이 어디에 있는지 또**한** 비밀로 남고 말 **일**.

그리하여 언젠가는 그 모든 것**조**차 잊어버린, 완전무결
(完全無缺)**한** 존재가 될 터.

쇄쇄삭—!

비산시킨 **권**능 중 하**나**가 놈에게 작렬했을 때 그 길이 보
였다.

우리가 어디에서부터 시작됐는지는 알 수 없어도 이제
하**나**는 분명해진 것이다.

비로소 놈을 속박할 수 있겠구**나**!

나를 움직이고 있는 유**일한** 원동력, 놈을 향**한** 그 살의가
내 **권**능에도 깃들었다.

그래서 병사들은 어느 때보다 무정**한** 눈을 띠고 태어났
다.

병사들이 날개를 곤두세웠을 때, 놈을 속박할 수 있는 무
기들이 각각의 손**아**귀에 쥐어졌다. 그러고는 곧장 놈을 향
해 날**아**갔다.

수천 쌍의 날개가 **일**제히 육안상의 범위를 뒤덮는다. 그
럼에도 불구하고 그 틈새로 검은 날개 하**나** 보이는 게 없
다.

놈이 동**일한 권**능으로 내게 **대**적해 오기란 힘이 부족**한**
상태.

그때부터 틈틈이 놈의 눈동자가 직접 드러**나**기 시작했

다. **한** 무리의 병사가 놈에 의해 증발되고 말았을 때는 놈의 전신마저 드러났다.

그리고 마침내 병사들이 모**조**리 도륙된 순간.

그제야 놈은 무언가 잘못되었다는 걸 깨달았는지 내게 솟구쳐 오르려는 움직**임**을 보였다. 하지만 때는 늦은 것이었다.

병사들이 죽어 남긴 창들이 꿈틀거렸다. 놈 주변 가득히 잔존하며 부유하던 그것들이 **일**제히 놈을 향해 창끝을 틀며 공간을 꿰뚫어 **나**갔다.

그중 하**나**가 놈의 가슴에 적중**한** 순간에서였다.

팟!

나 역시 놈 앞으로 공간을 도약하여 놈의 가슴에 맞닿은 창**대**를 움켜쥐었다.

일그러진 놈의 얼굴 하며 속박당하지 않으려는 몸부림이 **확연**히 보였다. 반사적으로 창**대**를 움켜쥐어 온 놈의 두 주먹에서도 저항의 힘이 강력하게 전해져 온다.

본인의 상처를 보듬지 못하고 흘려 내는 기운들은 그 어느 때보다 검게 짙었다.

혈관이 툭툭 터지듯 놈의 상처가 개방되는데, 그때에도 놈은 창이 본인의 가슴을 꿰뚫지 못하게끔 하는 데에만 집중하고 있었다.

놈이 흘려 낸 기운은 기생충처럼 움직였다. 창대를 타고 올라온다.

그렇게 내 주먹을 쥐어뜯으며 내가 창을 놓길 바라지만 사전에 터트려 놓은 힘이 구붓한 궤적을 그리며 놈의 등에서 터진 게, 바로 그때였다.

악.

놈의 입이 벌어졌다.

쉐아아—!

놈이 아래 결계를 향해 곤두박질치며 거기로 충돌할 때였다.

창 촉이 놈의 피부를 뚫고 들어가는 감각이 먼저, 다음으로 외마디의 비명이 딸려 왔다. 비로소 창 촉은 놈의 육신 안에 파묻힌 상태로 속박의 힘을 완성시켰다.

놈은 전신이 크게 튕겨 오르는 듯하다가 금세 늘어졌다.

하지만 기뻐하긴 아직 이른 것이었다.

놈을 오갈 데 없이 묶어 둔 것이지, 놈의 숨통을 끊어 놓은 게 아니란 말이다.

놈을 힘으로 짓눌러 신성을 봉인해야 한다. 그것만이 불멸의 존재를 죽일 수 있는 유일한 방법이자 영원했던 싸움에 종지부를 찍는 순간이 아니더냐.

스르르.

놈과 내 몸에선 동시에 기운이 뿜어져 **나**왔다.

흑금(黑金)의 신**성**이.

*　　　*　　　*

왔다.

놈의 힘이 부쩍 미약해졌다는 걸 느낄 수 있었을 때 **나**는 내 자신을 주체할 수 없었다.

가슴 깊은 곳에서부터 시작된 떨림이 외부로까지 영향을 끼쳤다.

온몸이 떨렸다. 시야도 온통 떨리며 놈의 **일**그러진 얼굴을 담았다.

놈의 신격을 봉인할 저주는 그러**한** 떨림 속에서 시작됐다.

놈은 비명을 지르면서도 포기하지 않는 눈빛을 했다. 그러**나** 강렬**한 일**념 따위론 어림없다. 상황을 역전시킬 수가 없는 것이다.

한없이 길었던 영원의 싸움.

고작 날 노려보는 것으로 그 세월들을 반전시킬 수 있을 쏘냐.

저주는 금세 놈이 뒤집어쓰고 있는 신격의 허물을 벗겨

냈다. 놈의 얼굴에서 기포가 툭툭 터졌다. 거기서 생긴 악물이 놈의 피부를 녹여 낸다.

놈은 신성이 봉인되어지는 과정에 그저 노출되어 있을 뿐, 오래전부터 속박이 가해진 상태라 발버둥조차 치질 못했다.

그러던 갑자기였다.

파아아아앙!

공기가 터지는 듯한 소리와 함께 놈이 아래로 쑥 꺼지는 게 아닌가.

그렇지 않아도 아래 결계는 언제 파괴될지 모를 상태였는데, 직전에 폭발한 저주의 힘까진 버틸 수 없었던 것이다.

하지만 어차피 놈은 다 죽은 몸이다. 게다가 결계 아래에는 거슬리는 것들이 몇 개 있긴 해도, 나를 방해할 수 있는 수준은 되지 못했다.

과연 놈은 미동도 없는 모습으로 날 맞이했다.

신성이 봉인된 놈의 몰골은 처참했다. 놈을 관통하고 있는 창 또한 지상에 틀어박힌 채 놈에게 여전한 속박을 가하고 있는데, 어디 속박뿐이랴.

놈이 신성으로 존재할 때에는 속박으로 그칠 일이다만.

신성이 봉인된 지금, 거기에서 발산되는 뇌력을 버틸 능력이 없을 것이다.

뿐만 **아**니라 **나**와 같은 영역에서 존재할 수 없기 때문에라도 놈은 고통에 부릅떠진 얼굴로 멈춰 있는 게 전부였다.

감각을 몇 **단계나** 짓눌렀다. **한**시라도 빨리 놈의 죽음을 보고 싶다는 충동에 의해서였다. 시간이 평범하게 돌**아**간 흐름이 시작된 그 즉시.

펑!

눈앞에서 핏물이 튀었다.

그마저도 내 얼굴로 닿기도 전에 뻘건 가루들로 변해 산산이 흩어졌다.

영원의 끝에는 내가 남았다. 죽어라.

비로소 **나**는 놈의 영혼을 소멸시키며 놈을 비웃어 줄 수 있었다.

고개가 자**연**스럽게 들려졌다. 몸 안에 스며들어 온 힘에 의해서였다. **한** 호흡, **한** 호흡마다 내게 고스란히 동**조**해 오는 그 충만함을 느낄 수 있었다.

이 충만함이 바로, 놈이 그리도 갈망했던 힘이자 **나**를 유**일**하게 만들어 주는 힘이다.

내 피**조**물들에게 영혼과 자**아**를 심어 주어 각 차원들을 관리케 할 것이고.

내 신격에 도전할 수 있는 새로운 탄생들을 주시하며.

사라져야 할 것과 있어야 할 것을 구분하게 되리라.

하지만 그때까지도 떨림이 진정되지 않은 까닭은 여전했다. 놈을 죽이고 흡수하여 유**일** 신**성**을 획득했기 때문이 **아**니었다.

놈은 터져 죽어, 피며 육신이며 그 무엇도 남기지 못했다.

완전**한** 소멸!

놈이 지상에 충돌하며 남긴 빈 구덩이만이 내 유**일한** 기쁨인 것이다.

우려와는 달리 허무함 따윈 없었다. 놈과는 끝을 보았지만 끓어오른 전율에는 끝이 도래하지 않을 것 같았다.

이 순간의 전율은 놈과 싸워 왔던 영원보다 더 영원하리라.

*   *   *

놈을 죽였다.

$$* \qquad * \qquad *$$

내 위치를 찾**아** 돌**아**가기 전에 남겨진 **일**이 있었다. 남**아** 있어서는 안 될 것들. 즉, 사라져야 할 것들.

마침 그것 중 하**나**가 알**아**서 거리를 좁혀 오는 중이었다.

멀리서 이러**한** 외침과 함께 불길을 치솟**아** 올리며.

"누구도 접근하지 마라! 그러**한** 시도가 **조**금이라도 엿보 인다면 모**조**리 다 죽여 버리겠다!"

남자는 그 자체로 보면 보잘것없었다.

그리 멀지 않은 곳에서 부활을 기다리고 있는 자와 동류.

그러**나** 그 역시 **우**주적 깨달음을 얻는다면 본**연**의 힘을 확장시켜 내게 도전할 수 있는 가능**성**이 열려 있는 자였다.

잊혀진 **나**의 피**조**물**일** 수도 있었다.

그러**나** 내게 도전할 수 있는 그 가능**성**을 좌시할 순 없는 것이다. 제**아**무리 **나**의 안배로 태어난 피**조**물**일**지라도.

그를 정리하려던 순간.

『썬. **나**다, **조나단**.』

그의 목소리가 끼어들었다.

조나단.

무엇이냐!

그 세 음절이 왜 이리도 선명하게 박혀 들어오는 것이냐!

다시 보아도 보잘것없는 능력이 허락되었을 뿐. 그런데도 언령(言令)과 흡사한 힘을 내게 미칠 수 있다는 것은 있을 수 없는 일이었다.

정리하려던 힘을 거둬들였다. 이자의 정체가 궁금해졌다.

조나단.

그자를 기다리며 혼자서 생각했을 때에도 날 자극시키는 뭔가가 진동해 왔는데.

조나단.

직접 그 세 음절의 이름을 불러 보았을 때에는 확실해졌다.

내 안의 깊숙한 곳에서 뭔가가 각인되어 스스로 움직이는 것만 같았다. 깊숙한. 깊숙한. 깊숙한…… 한?

놀라서 미간이 찌푸려질 무렵 본인을 **조나단**이라고 말했던 자가 앞으로 착지했다.

무정하며 사나운 이목구비를 가진 이 남자에게 무엇이 눈물을 자아냈는지, 남자의 동공에 어른거린 그것은 금방에라도 방울져 떨어질 것처럼 보였다.

자**아**냈는지. 자**아**냈는지. 자**아**냈는지…… **아**?

"날 기억 못 해도 네 여자는 기억할 것이다. 마리, **아니**넌 그녀를 **우연희**라고 불렀지. 기억하**나**? 네 여자, **우연희**를."

우연희.

조나단이라는 이름을 입에 담**아** 봤던 직전과 동**일한** 자극이었다.

"그래! **우연희** 말이다."

나를 이토록 자극시키는 그 이름의 주인이 사라져야 될 남은 하**나일** 수 있었다. **일** 수 있었다. **일** 수 있었다. **일** 수 있었다…… **일**?

고개를 돌렸다. 남자가 만들어 냈던 불길 너머, 여기 문명의 지**성**체들이 운집해 있는 광경 더 너머, 어떤 특별**한**구**조**물이 있다.

그곳에는 여기 문명에 동화되지 않은 피**조**물이 똬리를 틀고 있는데 그 안으로 부활을 기다리고 있는 자가 있다.

그쪽 방향을 특정해 물었다.

"저기에 있는 자가 **우연희**인 것이냐? 부활을 기다리고 있는 자를 묻는 것이다."

"아니. 그는 **조슈아**다."

조슈아.

세 음절로 이뤄진 그 이름 또**한** 내 미간을 굳게 만들었다.

*일*은 누구냐.

남자는 당장 무엇을 묻는지 깨닫지 못하는 듯했다. 그러다 이내 **한** 이름이 흘러**나**오며, **나**를 또다시 혼란으로 빠트렸다.

남자가 부쩍 힘을 준 움직**임**만큼이**나** 강하게 부딪쳐 오는 혼란이었다. 움직**임**, 움직**임**, 움직**임**……. **임**?

"**권성일!**"

남자는 **대**뜸 소리를 높이며 기뻐하는 기색이 역력했다. **대**뜸. **대**뜸. **대**뜸…… **대**?

또 남은 어떤 음절들이 있는지를 떠올리다가 **한** 이름이 확정된 순간!

머릿속에서 다섯 개의 종소리가 울리는 듯이 그들의 이름이 날**아**다녔다. 그때 불어닥친 충격은 유**일**했던 내 존재 이유를 달**성**했을 때 얻었던 **희열**을 넘어서는 것이었다.

그제야 알 수 있었다.

그 이름들은 **나**를 **나**로 만들어 주는 마법의 주문이었다.

완전해진 신**성** 안으로 그러**한** 이름들이 쏟**아**지던 그때야 말로.

내 눈은 새롭게 떠졌다.

정말로 그들의 목소리가 먼 기억을 뚫고 들려오기 시작했다.

*　　　*　　　*

조나단.

"공략 준비 완료."

우연희.

"준비됐어, 선후야."

조슈아.

"예. 마스터."

권성일.

"아따, 맡겨만 주쇼!"

임대한.

"위대한 오딘을 뵙습니다."

그렇게 다섯.
"조나단. 우연희. 조슈아. 권성일. 임대한…… 아니 이 태한이었군."

*   *   *

둠 카오스의 남은 힘을 거둬들이며 완전해진 신성이 무 의식 저변에 깔려 있던 걸 모조리 끄집어내고 있었다.

나는 많은 이름들로 불렸다. 기억상의 시간들이 뒤죽박 죽이며 현실 세계와 정신세계에서 있었던 일에 구분이 없 었다.

그러나 그러던 것도 제대로 짜 맞춰지더니 한순간에 완성되었다.

화악!

이 친구를 제대로 볼 수 있었다. 무엇 때문에 눈을 글썽거리고 있는지도 알 수 있었다. 그의 어깨에 손을 올리며 말했다.

"다 끝났다. 이제 무엇도 우리에게 위협이 될 수 없다, 조나단."

그 역시 내 어깨에 손을 얹어 왔다.

"썬."

그의 목소리로부터도, 어깨를 두툼하게 눌러 오는 무게감으로부터도 울컥하는 뭔가가 순간 치밀어 오른 건 사실이었다.

그러나 눈시울이 뜨거워졌을지언정, 그에게서나 내게서나 눈물로 방울져 버리는 일은 없었다.

최후의 승리. 그 마지막에서 우리는 이렇게나 건재했다.

누구 하나 잃지 않았는데 울긴 왜 운단 말인가. 나는 손바닥의 도톰한 부위로 왼 눈 주위를 문지르며 주변을 돌아보았다.

조나단이 펼쳐둔 화염옥 너머로 군중들이 몰려 있었다.

조나단은 이 와중에서도 내 정체가 드러나지 않도록 저

런 장치를 준비해 둔 것이었다. 그때 간신히 형태만 남아 있는 그의 무장 상태가 눈에 들어왔다.

조나단뿐만이 아닐 것이다. 연희도 성일도 이태한도 모두다.

수 없는 사경을 극복하며 나와 함께 이 거룩한 승리를 만들어 온 것이다. 스스로를 불살라 버린 조슈아의 희생까지.

조나단이 물었다.

"무엇을 고민하고 있지? 최후의 전쟁에서 승리를 거둔 지금에."

아무 일도 일어나지 않았던 날로 시간을 되돌린다면 정말로 아무 일도 일어나지 않았던 것처럼 세계는 평범해질 수 있다.

하지만 조나단의 말마따나 최후의 전쟁에서 승리를 거둘 수 있었던 건 어디까지나 이들의 숭고한 싸움이 있어 왔기 때문이다. 최후의 장이 있기 전에서부터 지금까지……

그러니 이들의 싸움은 영원히 기억되어야 할 일!

그런데 어떤 긴 세월 중에도 망각되지 않도록. 이들을 그렇게 기억될 수 있게 하는 건 오로지 나만이 할 수 있는 일이지 않은가.

둠 카오스는 유일해지겠다는 일념을 죽을 때까지 버리지 못했다.

하지만 이제 나만큼은, 지금껏 고수해 왔던 일념을 그만 손에서 놓아야 할 때였다. 내 욕심만 채울 수는 없다는 것으로 결단을 내렸다.

죄송합니다. 아버지. 어머니. 두 분께서도 이해해 주시리라 믿습니다.

조나단이 펼친 화염옥은 내가 발산한 힘에 의해 자연히 증발되었다.

초열의 불기둥들이 증발되어 버리고 나자 군중들이 운집해 있는 광경이 고스란히 드러났다. 그중에서도 방송용 카메라를 든 자들과 기자들이 무리를 지어 있는 곳을 특정했다.

그 앞이 내가 있을 자리였다.

저벅. 저벅.

그곳을 향해 걸음을 옮길 때마다 길이 벌어진다.

내가 누구인지를 알아챈 소리들.

어떤 이에게선 호흡을 삼키는 쉰 소리로 나왔고 실제로 누군가에선 내 또 하나의 이름이 오딘이 신음 소리처럼 흘러나와 뒤쪽으로 멀어져 갔다.

『무슨 일을 하고 있는지 아는 거냐?』

『충분히. 내 곁에 함께 서 줬으면 하는군.』

그렇게 대답하며 카메라 앞에 멈춰 섰다. 카메라맨은 지
금까지 스쳐 댄 군중들과 똑같은 표정으로 황급히 카메라
를 내리려 했다.

다른 카메라들도 마찬가지였다. 개중에는 내 이름을 중
얼거리며 무릎을 꿇으려는 이도 있었다. 그러던 것도 곧장
정리되었다.

카메라를 내 쪽으로 고정시키며 여기자 한 명을 특정 지
었다.

여기자는 고개를 끄덕여 보인 신호가 어떤 것인지 눈치
챘다. 그러며 기특하게도 이미 알고 있는 것을 확인하고 싶
어 했다.

"다, 당신은 누구십니까?"

숨소리 하나 나지 않는 적막이 내려앉은 가운데 그녀의
질문이 나왔다.

지금을 기점으로 위대한 승리의 주역들은 영원히 기억될
것이다.

수천, 수만, 수십만 년.

인류가 지속되는 한 그 세월의 끝자락까지 말이다.

나로부터. 나와 함께.

나는 그 말로 서두를 시작했다.

"오딘. 내가 너희들의 오딘이다."

〈 완결 〉